Las tribulaciones de
TORDA

LA NOVELA

JUAN MANUEL SAMANIEGO OCAÑA

Autor: Juan Manuel Samaniego OcaÑa

Edición: Cristina Medrano

ISBN: 978-84-129498-0-3

Depósito legal: BA-000687-2024

Primera edición, 2024

www.editorialcuatrohojas.com / info@editorialcuatrohojas.com

A mis queridas hijas (por orden de aparición),
Rebeca e Íngrid, y a mi esposa, Mónica,
que fueron fuente de inspiración para la creación
de los personajes de Constanza, Margarita y María.

A Tristán.

INTRODUCCIÓN

La abrasadora atmósfera del mes de julio invitaba a arrojar rápidamente los trastos viejos al oxidado contenedor y salir pitando en favor de un trago fresco a refugio de un techo sombreado.

Pero, en aquella tarde de siesta del mes de julio, mientras el portentoso sol vertical continuaba golpeando con furia la delicada piel al descubierto bajo mi camisa desabotonada, una curiosidad más allá de lo natural habría de prolongar mi permanencia en aquel recinto de enseres abandonados.

Porque, cual ser mortal, podría haber negado la existencia y la significancia de aquella pila de libros que alzábanse competitivos junto a la máquina de refrescos fríos dispuestos para una segunda oportunidad.

Recién hube guardado mi inesperada recompensa en mi discreto maletín de cuero desgastado, desaté una cadena de acontecimientos que culminarían finalmente en la publicación de la presente ventura por obra y gracia del bachiller D. Tristán de Samaniego.

Y, lo más maravilloso fue que el camino recorrido había sido el fin en sí mismo.

Rubrica el autor, en pro de vuesa merced, questa pretenciosa y sonlocada narrativa de aventuras, dimes y diretes en la España y Flandes del siglo XVII.

* * * * *

—Mi señora, pertenecemos al glorioso Tercio del Barrameda. Si no conoce vuesa merced nuestro nombre y enseña, es porque nuestras hazañas todavía no han sido testimoniadas en los libros de historia y aún viajan a viva voz. Aunque es lícito que sepa que gracias al valor en la batalla se nos ha concedido la Cruz de Borgoña con distintivo blanco sobre paño negro, a semejanza de la bandera que portan las tripulaciones de piratas. Porque ha de saber su merced que nosotros luchamos por la causa y el botín que nos podamos llevar.

—¿Y qué honor hay en eso, mi buen soldado?

—Nada y todo, mi dulce señora. Simplemente, la causa sobrevive si los hombres también lo hacen.

No echo de menos mi país, porque si tomo dirección norte, sur, este u oeste, escucho el castellano y me encuentro con mis gentes de España.

CAPÍTULO I
¿HAY ALGUIEN AHÍ?

Toc, toc, toc.

Otra vez, y ya había perdido la cuenta. El pelmazo de mi camarada me zarandeaba de nuevo como si fuera un frágil muñeco de trapo. Sus nudillos golpeaban de nuevo mi rígido morrión para hacerme la misma pregunta burlona de siempre: «¿¡Hay alguien metido ahí dentro!?».

Pero no me enojaba en absoluto, porque ese ávido parlanchín oriundo de la Requena levantina (que había formado parte de la Taifa de Valencia allá por el siglo XIII) era un leal que me conocía bien y sabía distinguir cuando una tormenta estaba descargando lluvia arcillosa sobre mis pensamientos. Por eso trataba de distraerme de la mejor manera que sabía, y eso era a través de sus bromas.

A Federico Sánchez también le apodábamos *El niño del Viso*[1] en honor al tiempo de infancia que, con su abuelo, había pasado en ese enclave cordobés colindante con Sierra Morena.

Con un pasado algo turbulento, pero propio de los hombres que manejaban el Registro de Propiedades y

---

1. Antiguo enclave de Casas de Don Adame.

9

Titularidades, este antiguo secretario de haciendas, venido a menos desde su participación en un desafortunado reparto de lindes, ponía ahora tierra de por medio para deshacerse de las incomodidades de responder ante la Justicia.

Aprovechando que era hombre habituado a zascandilear entre sayas de lino, continuaba incordiándome adrede entrando a continuación en los asuntos de faldas, que siempre habían demostrado ser buenos hábitos para paliar las privaciones de serenidad y los desasosiegos.

En virtud de ello, tras haber atado varias palabras malsonantes, y sabiendo que mi hermetismo es muy propenso a sus envites, me advirtió de que, si quería cumplir con espada firme ante las hembras de Flandes, más me valía lustrar mis calzones, pues, según opinaba mi desvergonzado amigo y a falta de incurrir en un error de bulto, esa debía ser mi principal inquietud y no la de ensimismarme en barruntos y mutismos que me hacían oler a muerto.

—¡Nubla tu entendimiento, compadre, con estas amenazas, que, sobre los demás infortunios de la guerra, ya nos alarmaremos en su momento! —me espetó.

Mi compadre se refería a lidiar con unas mujeres que, al parecer, hablaban cuatro lenguas, compartían la denominación de flamencas con sus paisanas, y pocas otras las igualaban en belleza con las cordobesas. A razón de estas advertencias, todo indicaba que nos enfrentaríamos a doncellas tan aventajadas que, a buen seguro, nos encandilarían con sus cánticos de sirenas.

Lo mismo me previno sobre la comida, rogándome que fuese frugal con la ingesta de los alimentos porque, de darme un atracón con una de las hermosas aves que abundaban en los condados (muy reputadas por su excelente carne magra), me podía venir un buen dolor de tripas.

—Ya se sabe que el español no está acostumbrado a degustar esos manjares…

Aquel apocado niño de El Viso, ahora reformado a hombre expresivo y de profusos bigotes, vociferaba entonces para ser oído por el resto del grupo:

—¡Señores, sabed bien que las féminas que nos esperan beben los vientos por los españoles de la península, y así no serán difíciles de convencer para que nos den calentura al lecho y surtan nuestras alforjas y zurrones de buen queso y mejor salazón!

Así, como el que no quiere la cosa, el fanfarrón de Federico había logrado que las carcajadas amanecieran de nuevo entre las filas, haciendo coincidir ese bienaventurado acto con el del atrevido sol que, precisamente, renacía con ganas a esta hora de la mañana entre las nubes de un cielo encapotado.

No cabe duda de que ese personaje era un gran individuo al que no le hacían falta dineros o títulos, ni tampoco precisaba de falsos alardes para ganarse el favor de los demás. Una virtud la suya que le permitiría arengar al resto cuando fuera menester (y bien sabe Dios que, en la batalla, nos haría mucha falta).

Pero, mientras eso llegaba, primero tocaba embarcar en el puerto de Barcelona y, tras tomar tierra en el de Génova, encaminarse por el Camino Real Español[2] hacia la gloria.

---

2. El corredor militar desde Milán hasta Bruselas fue una ruta alternativa a la marítima hacia Flandes, que se había vuelto muy peligrosa a consecuencia de la caída de gran parte de la costa de los Países Bajos en manos de los rebeldes y el dominio del Canal de la Mancha por parte de Inglaterra y Francia. El Camino Real, también llamado Camino Español, Camino de los Españoles, Camino de los Tercios Españoles o Corredor Sardo, fue una ruta terrestre creada en el reinado de Felipe II para conseguir llevar dinero y tropas españolas a la guerra en los Países Bajos.

Antes de abandonar nuestro suelo natal, todos los hermanos de armas habíamos de darnos fraternalmente la paz.

CAPÍTULO II
LA PARTIDA DEL BARRAMEDA

L a prueba de la apertura al unísono de todas las celdas cañoneras habría de tildarse igual de majestuosa que el descubierto de todas las ventanas y balcones de Palacio al anuncio de la llegada del rey.

Dieciséis rumos[3] de quilla (veinticuatro metros)[4] y 43 pies de goa de manga (10,75 m)[5] por 158 pies de goa de puntal en la primera cubierta (3,75 m)[6] limitaban el espacio bruto (que no el habitable) de nuestra nueva casa flotante. Además, desplazaba 750 toneladas españolas de sueldo y contaba con un total de 32 piezas de guerra; catorce lo eran de artillería de bronce para tirar balas de hierro y otras dieciocho correspondían a cañones pedreros[7] para infundir metralla al enemigo.

Con esta línea de fuerza, habría de parecer que no hacía falta más, pero, con todo, no dejaba de sorprenderme por

---

3. El rumo es antigua medida de longitud portuguesa que equivale a seis palmos de goa, aproximadamente 1,5 metros.

4. Eslora o longitud.

5. Manga o anchura.

6. Distancia vertical.

7. El pedrero era un pequeño cañón de pie y medio de longitud (75 cm) sobre pulgada y media de boca (3,7 cm) montado en los buques sobre una horquilla de hierro, eje o virola.

la larga exposición de relicarios, crucifijos, camafeos e imágenes de santos que acompañaban a los lobos de mar que conformaban la tripulación. Reliquias todas ellas veneradas y que habían quedado repartidas como amuletos y fetiches por todos los recovecos del barco.

Se trataba de la primera oportunidad de hacerme a la mar, pues, a excepción de la ayuda que una vez presté a un pescador que faenaba en una pequeña barca por el río Manzanares (y ese impulso fue por cobrar un dinero de apuesta), no había tenido ocasión previa. Y menos aún de subir a bordo de un imponente armazón de madera, hierro y velamen de tres palos como el de nuestra nave.

A bordo del Barrameda[8], un soberbio galeón construido en la India portuguesa en la década de 1570, se nos dio acomodo. Entre aparejos de guerra, bidones de pólvora y el bastimento de las provisiones, estrechamos lazos con las bestias de carga.

Siendo la costumbre en los navíos de la Armada celebrar un pequeño ceremonial religioso antes de iniciar una travesía hacia la zona de guerra, se procedió, a toque de campana, al aviso para asistir al oficio en cubierta.

Sin embargo, la ceremonia no comenzó con buen pie porque a la llamada de la eucaristía acudió el capellán con la cara descompuesta. Yo pensé, a bote pronto, que sería por un mal de tripas, pero no; al parecer todo obedecía al robo de sus sagrados ornamentos y a la profanación del vino de la consagración.

---

8. Los datos utilizados para la ficción del Barrameda pertenecen al Galeón San Mateo y han sido extraídos de la obra del contraalmirante de la Armada Española D. José I. González-Aller Hierro. *Resumen del historial de los navíos portugueses que participaron en la jornada de Inglaterra de 1588*. Revista de Historia Naval. Año XXX 2012, Núm. 116

Teniendo en cuenta que las formas consagradas habían desaparecido y que los malnacidos de los ladrones no dejaron ni el óleo para la unción, todos los presentes nos preguntamos cómo se iba a llevar a cabo el gesto sacramental de la fracción del pan o la solemne bendición a los enfermos. Esos interrogantes quedaron en el aire hasta la intervención del Maestre.

Llegados a este punto, podría pensarse que todo parecía obra del demonio, pero creo que ni el propio Lucifer se hubiese atrevido a realizar tal acción si hubiera conocido cómo se las gastaba su excelencia para zanjar estos asuntos.

Así, en menos que canta un gallo, trajo de las orejas a los dos responsables del desaguisado: dos sucios rateros procedentes del barrio de La Ribera que se habían colado en el momento del embarque, a los que de poco les valieron sus lamentos para no ser desalojados inmediatamente por la borda y puestos a disposición de las autoridades del puerto, pena de ser pasados a cuchillo allí mismo. La insubordinación en un buque de la armada de su Majestad no se prestaba a arrepentimientos de ningún tipo y el castigo se ejecutaba en el acto.

Y bien que lo comprendía, porque nuestro robusto bajel no necesitaba del gobierno de cómicos, ladrones o malandrines. La gloriosa máquina que nos transportaba, construida para recorrer sin tregua cientos de leguas náuticas, actuaba ahora como extensión de nuestra tierra sobre las aguas del océano y, en el hogar de uno, no había lugar para fanfarrias.

A continuación, se reanudó el oficio y procedimos a rezar unas oraciones y algunas letanías para finalmente ser bendecidos antes de soltar amarras, con hisopo y acetre de agua bendita. Acabada la breve liturgia y antes de retirarnos a la cubierta inferior, los oficiales nos repartieron las oportunas instrucciones para preparar el desatraque. Servidores a merced del tercio y de nuestra divisa, partimos de la Ciudad Condal, dejando atrás la tierra firme de mi templada y soleada España.

Los niños corrían alegres hasta el extremo de la bocana del puerto para despedirnos. Saltaban, hacían el pino y nos deleitaban con toda clase de imaginativos aspavientos. El Barrameda se distanció velozmente impulsado por los vientos propicios de barlovento, y los pequeños permanecieron allí hasta que la silueta de nuestro barco se perdió en el turbio manto del horizonte en esa mañana gaviotera de mediados de septiembre.

Si quieres ver una gaviota descender como un águila
para atrapar su presa, deja en cubierta unas migajas de pan
mojadas en vino y obrarás el milagro.

CAPÍTULO III

LIMPIANDO LA POPA DE GAVIOTAS BORRACHERAS

No acababa de despuntar el alba y ya me encontraba exasperado, y no era para menos considerando la cantidad de borregos que pululaba alrededor.

A los defensores de la teoría de que las posesiones de los Países Bajos españoles (adonde nos encaminábamos) no pertenecían a la Corona, les seguían los que además afirmaban que luchábamos por unos privilegios dinásticos heredados del antecesor del rey y que, por tanto, nuestro destino nunca había llegado a integrarse de forma efectiva como parte del Imperio.

—¡Sabed, señores míos, que tanto me da si son ciertas o falsas vuestras habladurías! —les espeté a todos ellos, y después los envié al infierno. Pues el patrimonio de la monarquía, conforme lo era también hacienda (como así lo aprendí de mis lecciones de legados y cuentas), no necesitaba más legitimidad de propiedad que los derechos heredados de sus progenitores. Y, por ello, estaba conforme con su defensa.

Mas debía tomarme un soplo de aire fresco y sosegarme, pues no quisiera que todos me hubieran de odiar desde el principio. Al contrario, debía trabajar para que esas visiones opuestas no abrieran divisiones internas que menoscabaran la cohesión del grupo, porque eso sería lo primero que querrían los holandeses para debilitarnos. Y, al fin y al cabo, todos pertenecíamos a una soberbia máquina de hacer la guerra que campaba a sus anchas sobre un área de dominio tan grande que, afortunadamente, todavía existían desacuerdos para determinar con precisión su dimensión total.

¡Pero de qué me iba yo a extrañar! Caí en cuenta de ello al recordar el tiempo de bachiller en la localidad de Alcalá de Henares, donde los estudiantes de último curso porfiábamos embriagados asuntos de política en la taberna de la mesonera de libreros. Porque no podía negar que, con la ayuda de los licores bravos (destilados por el boticario en su dispensario), allí hubiesen brotado ínfulas como las acaecidas ahora en la nao y otras peores que habían motivado, inclusive, nuestra persecución por algún airado alguacilejo.

* * * * *

A nuestro pequeño grumete de apenas seis palmos de altura, habilidoso como ningún otro en el arte de la ilustración, le bastaron dos trazos de tiza para acallar a los acalorados hombres de barba cerrada y rizos de caracol en pecho. Pronto, la demarcación de la cartografía de Europa que plasmó sobre la cubierta de popa fue de tal detalle que hubiese sido la envidia del propio Juan de la Cosa[9].

---

9. «De regreso en la Península el 15 de marzo de 1493, la experiencia del viaje descubridor sería fundamental para su posterior trayectoria, adquiriendo una nueva concepción geográfica, aprendiendo nuevos sistemas de navegación y el arte y ciencia de hacer cartas arrumbadas. La fama del Vizcaíno, superados anteriores errores, excedió ahora la de cualquiera otro que no fuera el propio Colón en experiencias y conocimiento de los mares de Indias, pasando a convertirse en ambicionado compañero de viaje de cuantos pretendieron organizar expediciones una vez quebrado el monopolio del descubridor». Fuente: Diccionario Biográfico electrónico (DB~e) de la Real Academia de la Historia.

Con estas fabulosas credenciales, se presentó Melchor de Uriarte, quien a partir de este momento se convirtió en el elegido para inmortalizar los rostros fatigados y el resto de los avatares que encontraría en la batalla.

Luego de esa primera intervención, la contribución de otro camarada, que pacientemente mojaba un poco de pan en vino del desayuno, ayudó a finalizar el litigio abierto conmigo y con el artista. Aquel veterano que sembró de migajas en el plano las rutas principales conquistadas y en disputa despejó para siempre (como buen maestro de escuela que había sido) las tribulaciones y preguntas de nuestros oponentes.

Así explicó a todos, por ejemplo, que la geografía política del Imperio en el continente abarcaba la Europa de Flandes[10], los Países Bajos españoles[11], el Franco Condado de Borgoña y otros territorios fronterizos de Francia y Alemania. También contemplaba la Italia española que, a su vez, discurría desde los Marquesados del Milanesado y la República de Siena, los Reinos de Nápoles, el Reino de Sicilia[12], el Reino de Cerdeña y los presidios de Toscana hasta las costas del mar Adriático.

Lo que pasó después poco o nada tuvo que ver con la actitud de los nuevos alumnos, sino más bien con la glotonería de las gaviotas, que al poco rato se lanzaron en picado sobre la cubierta del barco y, tras apropiarse del alimento, obligaron a poner punto final a la lección.

Pero no hay mal que por bien no venga, y menos aún para un profesor con tablas como D. Nicolás de la Pena Aranguren que, no contento con haber perdido la atención de sus pupilos de clase, aprovechó sabiamente el desenlace

---

10. En disputa la región protestante de las Provincias Unidas (precisamente a donde nos dirigíamos).
11. Países Bajos actuales, Bélgica y Luxemburgo.
12. Islas de Sicilia y Malta.

provocado por los págalos marinos para captarnos de nuevo con un agradable relato sobre la fraternidad y su servicio en el Tercio Viejo de Zamora que volvió a encandilar a todos.

El simple hecho de que ese camarada fuese un hombre nacido en la misma tierra en la que lo hiciera mi padre despertó en mí un afecto especial hacia su persona. De ahí en adelante, Nicolás se convertiría en un leal confidente y amigo.

Dando por terminadas nuestras cavilaciones, limpiamos la tarima del suelo con agua de mar y un rastrillo que nos proporcionó un marinero que, hallándose concentrado en sus tareas (pienso yo), no vio con buenos ojos nuestra improvisada jarana.

Vista la clara señal de desavenencia marcada en su entrecejo, nos pusimos a borrar de pintarrajos y consignas la cubierta, dejando bien lustrosa la popa del barco. Luego de esto, continuamos con las labores propias que les correspondían a los torpes infantes de goleta que, en resumidas cuentas, consistían en no estorbar a la navegación y no inmiscuirse en los quehaceres de los marineros.

A fe que aquí los huesos de los hombres y de los engranajes de las máquinas quedan entumecidos por el simple soplo del viento. Nunca vimos en España una región tan cenagosa y hostil como Flandes. Una tierra así, plana, baldía y sin curvatura en el horizonte, solo puede ser un artificio inventado por el demonio.

CAPÍTULO IV
PREPARANDO HUESOS Y DERROTES

Una vigorosa tramontana soplaba rabiosa sobre el velamen zarandeando la nave como una cáscara de nuez en el agua.

Era nuestro primer día de navegación y el casco de la embarcación oscilaba al compás de la gruesa marejada que inusualmente se había desatado a mediodía en aguas del Mediterráneo haciendo casi ingobernable la pesada pala del timón.

Indispuestos por la falta de hábito de tripulantes, los hombres se ayudaban en camaradería para abordar la baranda de estribor o babor (según les correspondía) y evitar caer fuera de la cubierta. Como buenamente pudimos, vertimos al piélago buena parte del contenido de nuestros adentros, lo que, sin duda, habría de tratarse de un buen surtido de alimento para peces y otros seres marinos.

Ese mundano desalojo de las tripas nos sugirió que esa no era más que la primera adversidad de las muchas que habría que esperar de ahí en adelante. Peores penurias pondrían a prueba nuestra firmeza, pero nos reconfortaba pensar que todos caminábamos juntos por el mismo sendero.

Nicolás me advirtió de que estuviera prevenido, pues los Países Bajos no podían ser un lugar más diferente de lo que un hijo de imprentero como yo, acostumbrado a las lecturas sobre el Nuevo Mundo, pudiese teorizar. Y tenía toda la razón, pues mucho había leído yo sobre la otredad del aborigen, la formación del Ejército de Arauco[13] y las hazañas del tercio sobre un desconocido Flandes Indiano que nada tenía que ver con el Flandes adonde íbamos.

Para empezar, el clima de las Indias occidentales parecía ser, de forma incuestionable, mucho más benévolo que el flamenco. Las provincias del norte, emplazadas en el delta del Rin-Mosa[14], habrían de darnos, a buen seguro, la oportunidad de echar de menos las temperaturas tropicales de los territorios montañosos por los que se aventuraron los conquistadores.

A diferencia de estos, la campiña holandesa casi no se prestaba a ondulaciones y se encontraba por debajo del nivel del mar, lo que la convertía en una región extremadamente húmeda y desagradable.

Continuaba Nicolás asegurándome que esa tierra precisaba de una ingeniería de sólidos diques para solventar inundaciones con las crecidas, pero que los flamencos también los usaban con acierto para atrapar a sus enemigos, enfangar sus carros y aislar el reaprovisionamiento de los tercios.

De hecho, a pesar de que el lugar de atraque era seguro, nuestra nave presentaba el diseño de bajo calado propio de las embarcaciones que trataban de evitar encallar en los

---

13. Financiado por el Virreinato del Perú, fue una fuerza permanente que se creó para combatir principalmente a los mapuches en la Guerra de Arauco y estabilizar la región de Chile.

14. El delta fluvial del Rin–Mosa–Escalda está formado por la confluencia de los ríos Rin, Mosa y Escalda en su desembocadura por los Países Bajos en el mar del Norte.

asientos de fango holandeses, aunque esa era una solución que hacía peligrar su flotabilidad cuando circundaban el peligroso Canal de la Mancha.

Por ese especial motivo, y a sabiendas de que La Barrameda ya había bregado por el inamistoso pasillo anglo-francés, se la cuidaba con esmero para alargar su tiempo de servicio y, todavía si cabe, se la mimaba con más cariño en esos momentos de crecientes ansias revolucionarias.

Antes de la salida del puerto peninsular, se la había sometido a reparaciones de gran carena[15] que incluyeron el cambio del palo de mesana[16], el remiendo de redes y trapos de vela, la comprobación de vergas[17], jarcias[18] y la sustitución del resto del aparejo que se encontraba dañado.

Además, para prevenir la acumulación de podredumbre y aumentar la resistencia de la madera al contacto con la salinidad del mar, se había cubierto la estructura con una mezcla de brea y alquitrán que iba desde la quilla hasta la línea de flotación del casco.

El espeso betún de hulla aún apestaba a humo denso y ¡por Judas que si lo inhalabas tapaba el olfato por largo rato!

Mas no hay mal que por bien no venga, y por descontado que esa particularidad colaboraba a mitigar el hedor de la transpiración y disimular el tufo de las deposiciones y orines que en conjunto despedían nuestras trescientas almas y las cincuenta bestias que, entre gallinas, cerdos, cabras, mulas y caballos, nos acompañaban.

---

15. Reparaciones exhaustivas que se realizan sobre un buque o en exclusiva sobre la línea de flotación.

16. Palo que está más cercano a la popa en una embarcación de tres mástiles.

17. En náutica, las vergas son las perchas perpendiculares a los mástiles en las embarcaciones a vela; precisamente, a esas vergas o perchas se aseguran los grátiles de las velas.

18. Conjunto de los aparejos y cabos de una embarcación.

Finalizados los arreglos, con el acomodo de una silla
de arreos de hilo de plata y gualdrapas de terciopelo bordado,
la caballería de manto tordo y pelaje de rodados de estornino
iridiscente nada habría de envidiar a la montura de nuestra
amada reina Isabel de Borbón.

CAPÍTULO V
PRIMEROS LANCES EN GÉNOVA

Inmediatamente después de fondear en el puerto de Génova, fuimos requeridos para nuestra primera misión, que consistió, nada más y nada menos, en la custodia de una hermosa hacanea que acaba de ser descargada con sumo cuidado de la bodega de la nave, ya que, a todas luces, se trataba de un animal de gran valor para el maestre.

Obedeciendo sin rechistar el encargo, dejamos para después el arribado y la organización de nuestro propio equipamiento. De esa guisa, Nicolás y yo nos quedamos en puerto acompañados además por el pequeño Melchor, quien expresamente había pedido permiso a su excelencia para permanecer con nosotros y poder retratar el arreglo de la yegua.

Los mozos se afanaban con el cepillo y la almohaza para presentar el preciado equino andaluz (un animal de pelaje tordo, firmes grupas e inusual alzada). Venía tan guapa la caballería, con las crines trenzadas con castañetas y la cabezada cubierta con un mosquero de cerda de marfil y cuero, que parecía engalanada para una romería.

A punto de alcanzar la franja del mediodía y sin poder sospechar el devenir de lo que nos iba a caer encima, decidimos plantar el trasero y tomar un corto descanso echando raíces sobre unos sacos de heno.

Pero qué decir tiene que poco o nada de tiempo tuvimos para repartirnos el apetitoso trozo de queso viejo guardado para el pequeño receso, pues el cada vez más cercano sonido del azote del látigo sobre las monturas nos obligó a levantarnos precipitadamente de nuestros improvisados asientos de paja. Sobresaltados y puestos en prevención, recuperamos la posición marcial que hasta el momento del descanso habíamos mantenido.

Para hacernos una idea, tal fue el estruendo que dejó el colérico baile de cascos al golpear sobre el duro basalto del adoquinado que llegó a ensordecer el repicar de la campana de cubierta del Barrameda anunciando la llegada de la hora del mediodía.

Dándose la circunstancia de que la ubicación del pequeño cementerio de anclas y almacén de amarres oxidados que teníamos delante nos cegaba la visión, no fue hasta que la comitiva prácticamente apareció ante nuestras narices cuando nos dimos cuenta a qué obedecía tanto alboroto.

Una escolta de tres jinetes sobre corcel de manto blanco flanqueaba el lustroso carruaje de herrajes de latón pulido y densa madera de ébano que hubo de detenerse a escasos pasos de nuestros pies. La cruz verde que ataviaba el hombro izquierdo de los caballeros del séquito los identificaba como miembros de la antigua orden de San Lázaro de Jerusalén.[19]

---

19. La Hospitalaria de San Lázaro de Jerusalén fue una orden de caballería de carácter honorífico, fundada en el año 1100, que asistía en Tierra Santa a los peregrinos. No obstante, la Orden no desatendía, ni mucho menos, sus obligaciones militares ni su lucha, y así combatieron junto a los Cruzados y los Caballeros del Temple.

Mientras los dos briosos caballos que tiraban del carruaje relinchaban y resoplaban enojo como consecuencia del gusto abusivo del carrocero en el uso de la fusta, Nicolás y yo entrelazábamos miradas y alzábamos las cejas. Como si estuviésemos de pareja en una partida de cartas, dilucidamos qué jugada o farol podíamos tirar para salir del nuevo lío en el que parecía que nos iban a meter.

«¡Pero vamos a dejarnos de tonterías, que somos hombres del tercio y habrá que terciar (valga la redundancia) con lo que se nos venga encima!».

Esperando acontecimientos, acerté a sujetar las riendas de los corceles, que se me vinieron encima y que a punto estuvieron de estampar sus hocicos sobre mi rostro. Evité de este modo que se lastimaran con tanto movimiento de cabezada.

—¡Yieeeee caballo, tranquilo! —le dije al que se mostraba más inquieto mientras acariciaba su cara y su lomo.

Los dos esbeltos machos arrastraban un ostentoso y pesado coche sobre armazón cerrado, cabina de dos asientos y capacete para cochero y lacayo. Un espléndido conjunto artesanal que, sin duda, sería motivo de admiración para cualquier fabricante que se preciase, pero que, en cambio para mí, resultó solo un pasatiempo que ocupó momentáneamente mi interés.

De inmediato, mi atención quedó secuestrada por la figura femenina que cubría su rostro con un abanico plegable de fino encaje, y a quien alcancé a ver de soslayo acomodada sobre el llamativo tapizado interior de ante rojo del carruaje.

Pero lo bueno no dura mucho y, desdibujando mi bella escena, encontré a un segundo ocupante que desde su lado ya había alcanzado una de las puertas laterales del carruaje y, posando su bota sobre el estribo, se apeaba con decisión.

Se trataba de un caballero de buen porte, sorprendentemente imberbe y de nariz aguileña, que vestía ropaje propio de rango de capitán y cubría su cabeza con un chambergo de ala caída. Casi con toda certeza, le servía para ocultar su rostro de miradas indiscretas.

No seré yo el que discuta que los penetrantes ojos azules de aquel santo varón eran de los que solo se podían hallar en muy pocas mujeres. Mostraba con ellos un gesto que, por si no lo he dicho, le retrataba perfectamente como un personaje intimidante que se veía obligado a descubrirse ante dos indignos infantes del tercio.

Sin otros argumentos o presentaciones de por medio más que los de sus santas criadillas, su señoría agarró el cinchuelo de nuestra yegua con la intención de ligarla a la parte trasera del carruaje y remolcarla después al paso. Irritado por nuestra custodia, pretendía de esta manera tan chabacana robárnosla delante de nuestras narices.

Pero fue en esa última acción donde encontró la oposición de mi mano.

—Lo lamento, mi capitán, pero no puede llevarse esta yegua sin más —le dije con voz respetuosa, pero firme. A lo que me respondió:

—¿Cómo se te ocurre ser tan insolente, soldado? ¿Acaso no sabes que vas a perder tu vida por contrariar a un superior el primer día de tu arribo a puerto?

—Mi capitán, lo que es seguro es que perderé la vida si se la entrego —le contesté sin vacilar.

Pardiez, que no quería llegar a ese extremo, pero la conversación no daba más frutos y, como ninguna de las partes iba a dar su brazo a torcer, casi sin quererlo las palabras dieron paso al forcejeo.

Para entonces, la intervención del cortejo de guardia no se había hecho esperar y, a la amenaza de las espadas del capitán y sus lacayos de Jerusalén, se unieron la de la fusta del cochero y la estaca del criado que acompañaba a su señor.

De esa forma todos salieron al salvamento de a quien sirven, con la clara voluntad de zanjar la cuestión por las bravas.

—¡Atrás, hermano! —me advirtió Nicolás para que me apartara del embate de los cabestros.

Aunque al unísono, la mirada de complicidad que habría de recibir de mi compadre era clara. Tal como se las había gastado el maestre al inicio de la travesía arrojando por la borda a esos dos ladrones mentecatos, tampoco podíamos echarnos atrás en despachar ese lance.

Así que, visto el propósito de nuestros oponentes, ambos juntamos nuestras espaldas y nos dispusimos a recibir las acometidas. Esa sería la primera vez que desenvainamos fuera de España nuestros aceros.

El tumulto alrededor fue creciendo. Se acercaron también al lío curiosos y algunos malintencionados bellacos con navaja en mano, que vieron en la prestación de su ayuda una oportunidad de agasajar al noble y ganarse un favor que más tarde pudiesen reclamar.

Para colmo de males, estábamos fuera de todo socorro. Hacía varias horas que la columna del tercio ya se había marchado al campamento, pues los infantes debían descansar y preparar la partida de mañana por el Camino Real hacia Flandes.

Desde la cubierta del Barrameda, los pocos marineros que quedaban de retén para cuidar del mantenimiento del barco se mostraron indecisos para tomar parte en la refriega, y así las cosas pintaban muy feas para nosotros. Sobre la dársena y a escasos metros del mar a nuestras espaldas, el espacio para batirse se tornaba escaso y pronto nos acosaron más de doce desalmados.

A excepción de nuestro grumete Melchor, que había permanecido con nosotros desde el inicio para poder retratar el aseo de la yegua, el resto de los pobres mozos, que no eran más que niños, se lanzaron al agua. Con ellos volaron por los aires cubos, cepillos y el resto de utillaje de limpieza.

Las deposiciones del animal habían quedado flotando en la bocana del puerto, que ya parec*ía* esperar el irremediable chapuzón de nuestros cuerpos. Para nuestra salvación, la intercesión oportunista de una bella mujer detuvo el combate en seco.

Aquella cultivada dama de talle largo y cabellos
azabaches, como las crines de la jaca andaluza que
guardábamos, apareció a nuestro socorro del mismo modo
que la Divina Inmaculada se presentó al salvamento de los
soldados de Empel.

CAPÍTULO VI

UNA DAMA ENTROMETIDA DETIENE EL COMBATE

Sin costuras en la cintura y amplia falda, nuestra misteriosa dama presentaba vestido de terciopelo morado y saya a la francesa con mangas abullonadas y papos de tafetán blanco. Huelga decir que cientos de caracoles marinos debieron de haber sido recolectados de la costa mediterránea para obtener este preciado colorante[20], un lujo solo permitido para la Casa Real o la alta aristocracia.

Sin perder un instante, apenas hubo puesto uno de sus chapines de cuero repujado sobre el escalón del carruaje, espetó furiosa al capitán:

—*Cosa sta succedendo qui?*[21]

—*Questo cane spagnolo non vuole rinunciare al suo destriero, quindi devi insegnargli le buone maniere*[22] —le respondió el capitán.

---

20. Ya que la obtención del colorante que daba lugar al morado era extremadamente cara, solo estaba reservado a las damas adineradas o de la Corte.

21. «¿Qué está pasando aquí?».

22. «Este perro español no quiere renunciar a su corcel, por eso hay que enseñarle buenos modales».

A Belén de Monterosso[23] se la consideraba una respetable señora pública procedente de la Italia española. Bienaventurada por sus buenas maneras, fue amante de hombres educados y de honorable condición. Siendo oyente de causas perdidas y garante de secretos de Estado, su intención era trasladarse con el tercio para tratar asuntos mayores que no precisaban de desatención ni distracciones como la que nos ocupaba en ese momento. Y por ello, una vez apeada del coche de caballos, esperaba molesta que alguien le proporcionara la explicación por el retraso.

Belén sabía cómo magnetizar a los hombres a través de su atractivo femenino. Un generoso escote cuadrado realzaba la presencia de sus hermosos senos que, para gusto del observador, eran pobremente disimulados por la gorguera tejida con hilo fino (casi transparente) que los cubría. De igual modo que la Gorgona Medusa[24] en la *Teogonía de Hesíodo*, sus dos penetrantes turmalinas verdes estaban facultadas para convertir en piedra a cualquier mortal y esperaban una respuesta que yo, absorto por su intempestivo arranque, no sabía si iba a complacer:

—*Mia signora, sto solo eseguendo gli ordini del mio generale, e vi dirò che abbiamo avuto molta cura di questa cavalla durante il*

23. Personaje basado en Beatriz de Mendoza, otra querida de ilustres señores, maestres de campo y capitanes, que se une a la milicia en tiempos del Gobernador de los Países Bajos Españoles, D. Juan de Austria, hijo ilegítimo de Carlos I. En 1578, reafirma su compromiso en el sitio Mastrique, que se ha declarado en rebeldía contra la Corona. Durante casi cuatro meses que requiere la toma de la ciudad refuerza su compromiso con el tercio y asiste a los heridos y necesitados.
24. Personaje mitológico. Medusa fue una hermosa joven que el dios Poseidón atacó y violó dentro de un templo dedicado a Atenea. La diosa tomó este ataque como una ofensa y castigó a la mujer dándole serpientes en lugar de cabello y con la maldición de convertir en piedra a quien mirase.

viaggio, perché sapevamo che sarebbe stata adatta per una prima dama. E come tale, non vedo una donna migliore per la sua cavalcatura di quella di fronte a me in questo momento.[25]

»*Ma come ogni uomo che si rispetti, non dovrei essere io a impedire al mio generale di fargli gentilmente questo dono personalmente.*[26]

»*Poiché non ho intenzione di ritirarmi, prima di perdere la vita o di conquistare il paradiso, vostra grazia sappia che le cavalle andaluse sono animali fedeli ma allo stesso tempo delicati, e non hanno colpa delle malefatte degli uomini.*[27]

»*Vi prego quindi di non trattarla male e di avere pazienza, perché tra il viaggio turbolento e gli attacchi di questi uomini, lei è nervosa.*[28]

Mientras especulaba que utilizar su idioma materno le hubiera agradado, aquí había de aparecer la mujer decidida que representaba y que acortó empoderada la distancia que nos separaba hasta dejarla casi en la de un susurro:

—Curioso que un simple patán español hable tan fluidamente en una lengua extranjera. Y ya que tan pronto habéis desenvainado, mi buen soldado, me pregunto si habréis de defenderos con la espada tan bien como con las palabras —me replicó la misteriosa dama en perfecto castellano. Y entonces, levantando las cejas de forma irónica, terminó su

---

25. «Mi señora, solamente le diré que, siguiendo órdenes de mi maestre, cuidamos mucho a esta yegua durante el viaje porque sabíamos que sería apta para una dama principal. Y, como tal, no veo mejor amazona para su monta que la que está frente a mí en este momento».
26. «Pero como cualquier siervo que se precie, no debería ser yo quien obstaculice a su excelencia la gentileza de entregarle personalmente este presente».
27. «Dado que no tengo intención de retirarme antes de perder la vida, debe saber vuesa merced que la yegua anda inquieta y que no tiene la culpa de las fechorías de los hombres».
28. «Le ruego pues, que no la trate mal y tenga paciencia, porque entre el turbulento viaje en barco desde España y los ataques de estos hombres, el animal se ha descompuesto».

interlocución con una pregunta—: ¿Acaso antaño fuisteis vos clérigo o espadachín?

—Ni una cosa ni la otra, mi señora —le respondí—. Solo fui bachiller en Alcalá de Henares, donde aprendí algo de italiano, latín y otras lenguas muertas de un compañero de pupitre a cambio de ayudarle en sus dificultades de alojamiento y manutención.

»En cuanto a mi arrogancia con el acero, le confieso que es fruto de mi ignorancia y mi descabellada cabeza a consecuencia de la lectura de las copias de los libros caballerescos que mi padre guardaba en su negocio, y del que orgulloso me siento, pues llegó a ser una de las Imprentas Reales de su Majestad Felipe III y ahora de su sucesor, nuestro amado Felipe IV.

»Vuesa Merced bien comprenderá entonces que, bajo esta condición, no cabe actuar de otra manera. Pues, además, considerándome, en ausencia de mi maestro, servidor de su señora, creí en mi deber defender su propiedad. Y por ello le ruego que interceda para que este infortunio pueda reconciliarse amistosamente.

—¡No será necesario! —intervino el Almirante D. Julián de Ayala que, para sorpresa de todos, había observado en silencio la trifulca desde la cubierta de la nave.

—Mi buen almirante, con todos los respetos os digo que los asuntos del tercio nada tienen que ver con la Armada, por lo que le ruego que no se inmiscuya en este conflicto —le replicó el capitán.

—Mi buen capitán, lleva toda la razón en su afirmación. No obstante, también os recuerdo que los infantes que acosa lo son de la Marina hasta que terminen su compromiso con este barco, y por Dios que todavía están custodiando una carga del Barrameda.

»Por tanto, hasta que no finalice esta misión, a todos los efectos son miembros de esta tripulación y por la

Virgen que los cañones y mosquetes de este barco los van a defender.

—Sabe Dios que no es mi intención batallar con un navío de su Majestad. Eso sería traición, y no soy yo hombre de armas que haya de hacerlo sin merecer garrote —se excusó rápidamente el capitán en un ademán de ganarse el favor de quien claramente había ofendido. Y, luego de despojarse de su tocado, continuó—: Esta jarana la he propuesto deliberadamente para comprobar la lealtad de aquellos sus servidores, que también lo han de ser del rey al que ambos servimos —manifestó con una falsa sonrisa.

—Espero entonces que vos hayáis quedado satisfecho con su juego —le contestó el almirante.

—Más que un juego era una prueba, pues últimamente descubrimos muchos traidores a la causa —habría de terminar su intervención el capitán.

—Que yo bien explicaré con detalle a su excelencia, el maestre de campo D. Olmedo de Almagro —finalizó la cuestión el afamado marino.

Devueltos los aceros al cinto, la fusta al estribo y arrojadas las estacas al suelo, Belén se agachó para dar a Melchor un tierno beso en la mejilla. Mostraba así su agradecimiento al pequeño por haber ayudado a sujetar tan heroicamente la montura, que a punto estuvo de dar con sus lomos en la mar.

Cuando Belén aceptó mi mano para incorporarse, aprovechó para preguntarme mi nombre. A punto estuve de regalarle uno falso porque intuía que de esa me la tendrían jurada de ahí en adelante algunos, si no todos los participantes de la refriega. Pero, al final, fugazmente hube de recapacitar y opté por presentarme con el legítimo, pues no era propio de caballeros empezar una nueva empresa con falsedades.

De ese modo, nuestras miradas se entrelazaron serenamente, pareciéndome que el verde de nuestros ojos se recreaba en un furtivo acto amoroso ajeno a los presentes.

A continuación, dije lo siguiente:

—Mi ilustre señora, soy D. Tristán de Samaniego, servidor del tercio y de la Virgen. De esta suerte, me vienen llamando por gloria del bautismo y el Espíritu Santo el conjunto de mis queridos y leales. Y por obligación lo hacen también el resto de los hijos de madre que tienen en algún valor su pellejo, pues así entienden que es bueno para ellos no divagar y dar por incierto mi noble linaje.

Mientras uno meaba desde lo alto del campanario, el otro arrojaba piedras a los perros. Esa era la principal diversión que recuerdo de mi infancia en Andalucía.

CAPÍTULO VII
MI PEQUEÑO VARÓN Y GRUMETE

Subido sobre mis hombros, los talones de los pies desnudos de mi valeroso grumete golpeaban rítmicamente sobre mi peto, una carga que me hacía recordar las casi infinitas veces que había portado a mis hijas de la misma manera en ese tiempo feliz de su niñez que tanto echaba de menos.

Melchor contemplaba el paisaje desde su posición elevada como el vigía que observa desde lo alto de la cofa del barco los peligros de la mar. Yo buscaba su complicidad y para ello le dije con voz poderosa:

— ¿Qué demonios pasa por ahí arriba?

Él reía sin parar, le zarandeábamos y le lanzábamos al aire. En nuestros cariñosos gestos, soñaba feliz con haber encontrado por fin la figura de dos padres adoptivos.

Pero nuestro apreciado infante tampoco era un iluso y no se hacía demasiadas esperanzas. Desde que podía recordar, su presencia en el orfanato era todo su pasado y, carente de otras referencias, salvo las reprimendas de su padre y los tirones de orejas de los curas, se había curtido como hombre a sus escasos once años.

Parece ser que Melchor era hijo de un bodeguero de poca monta de Granada que, además de servidor de vinos aguados, lo era también de sortijas y otros valores de dudosa procedencia.

Fruto de un mal encuentro con una despechada, le fue descubierto el negocio y ese santo varón dio con sus huesos en prisión, donde se le perdió la pista para siempre.

El pequeño tampoco tuvo el afecto de una figura materna. Al parecer, la ruin de su madre se cansó de llevar la tripa llena y ver sus mamas agigantadas y, pasados siete meses, interrumpió su gestación asistida por una curandera. Pero, después de todo, el bebé logró sobrevivir y fue asilado en un hospicio sin ni siquiera un mísero recuerdo de su progenitora. Esa fue la terrible historia que contó Melchor al Maestre antes de embarcar y por la que su excelencia se apiadó aceptándole entre sus filas.

Sea como fuere, sin más testimonio que el del pequeño, quién sabe si no era un cuento. Era evidente que Melchor se había cansado de recordar tantas penurias, así que no conseguimos que nos contara mucho más. En lo poco que pudimos indagar, solo hallamos muchas lagunas de por medio, y del porqué de su traslado al orfanato principal de Barcelona a sus escasos ocho años tampoco encontramos respuesta.

Presionado por los frailes para representar al Espíritu Santo en lugar de los elementos de la naturaleza que tanto le gustaba pintar y asustado por unos desconocidos que se lo querían llevar, escapó hasta el puerto y, deambulando, se encontró con el Barrameda y la columna de infantes que se embarcaba hacia a Génova.

El chiquillo comía poco, ocupaba menos y, como mozo, podría hacer mucho en beneficio del tercio. Su presencia, por lo tanto, no encontraría oposición entre los mandos y el resto de los hermanos de armas.

Cambiaba pan, huevos y frascas de vino de la despensa
de mi tía por lecciones de repaso de latín, cálculo y algún que
otro libro prohibido.

CAPÍTULO VIII
BACHILLERÍA IMPERTINENTE EN ALCALÁ DE HENARES

Ami derecha, Nicolás se partía de la risa mientras parodiaba con un acento exagerado la voz de nuestra dama italiana:

—¿Acaso antaño fuisteis vos clérigo o espadachín? —Y soltó una carcajada con la que nos contagió a los demás.

—Casi clérigo por las veces que hice de monaguillo en la parroquia de San Ginés[29], y espadachín por el hecho de llevar esta herramienta de caballero al cinto —le contesté. Y todos reímos de nuevo.

—En verdad deberías contarnos dónde aprendiste el parloteo de los romanos, que bien me tiene intrigado todavía ese asunto. Pues no parecía que fuesen dos palabras sueltas las que tú sabías, como son las que habitualmente memori-

---

29. «EN ARLES, DE LA GALIA NARBONENSE, GINÉS, ESCRIBIENTE DE MANO MÁS VELOZ QUE LAS PALABRAS, NO HABIENDO QUERIDO REDACTAR EL EDICTO DE VALERIO PARA LA PERSECUCIÓN DE LA GREY CRISTIANA, ENTREGÓ SU ALMA AL SEÑOR LAVÁNDOLA CON BAUTISMO DE SANGRE A ORILLAS DEL RÓDANO, BAJO EL PRETOR VARIO. SEPULTADO JUNTO A SAN HONORATO, OBISPO, MERECIÓ LAS ALABANZAS DE LA IGLESIA. A SAN GINÉS DE ARLES, MÁRTIR, HONOR POR LOS SIGLOS». Inscripción existente en la parte alta de la nave del templo parroquial en toda su longitud.

zamos los que queremos ganarnos el favor de las muchachas no versadas más allá del vernáculo lenguaje del vulgo —me interrogó de nuevo Nicolás.

Y así fue como la pregunta de mi buen amigo me dio pie a contarle parte de la etapa de mi vida como estudiante:

—Pues la realidad es que mis tiempos de bachiller me han servido a la postre más de lo que pensaba. Bien sabes que la red de escuelas parroquiales cubría la enseñanza para leer, escribir y calcular. Pero la educación secundaria quedaba limitada a las familias nobles y aburguesadas.

»Verás, amigo mío, mi padre no era ni una cosa ni la otra. De familia humilde y descendiente de antiguos impresores, se dedicó al mismo negocio que sus mayores. Mi padre heredaría el entusiasmo de mi abuelo y este a su vez de las lecciones que recibió mi bisabuelo en el taller de Segovia, que fue el primero de España allá por 1472.

»Lo cierto es que mi querido padre buscaba para mi futuro la transferencia a carreras de prestigio, como la Judicatura, la Administración o la Iglesia, y por ello, con algunos dineros, trasladó su imprenta desde Toro (Zamora) a Madrid. Pero mis intenciones iban por otros derroteros.

»El aroma embriagador a avellanas amargas de la tinta envejecida y el olor a pasto húmedo del papel ya me habían cautivado. Como no quería abandonar la imprenta y mi padre nunca me puso la mano encima para obligarme a hacer otra cosa, a lo más que accedí fue ir a realizar mi bachillería a un colegio de jesuitas.

Antes de continuar, pedí un trago de vino a mi compadre, pues ya llevaba largo rato hablando y entonces proseguí:

—Los más prestigiosos en régimen de pensión eran muy caros, pero yo tenía la ventaja de hospedarme en la casa de mis tíos maternos de Alcalá de Henares y dormir cómodamente en un mullido colchón de plumas.

»El portero cerraba las puertas del colegio a las nueve y entregaba las llaves al principal, así que tenía que ser puntual. Los pensionados asistían diariamente a misa antes de la entrada a la escuela y, para su desgracia, degustaban con el director y los profesores los míseros caldos y las legumbres pochas servidas por el cocinero en el comedor.

»De todo eso me libraba yo, junto con otros dos aventajados que vivían en la periferia de la ciudad y que, por ese motivo, habían contratado los servicios de mi tía. Así, los tres comíamos en la misma mesa, y ella bien que nos mimaba con sus colmados guisos, huevos recién puestos y jamón del bueno.

»En el centro jesuita, todo andaba acompasado con el servicio divino. Los frailes ejercían un férreo control en las habitaciones por si los alumnos escondían libros indebidos que no fueran los de la biblioteca del centro; los caballerescos o de armas eran contrarios a la disciplina de birrete escolástica.

»Los hermanos mayores, al cargo de cada clase, cicateaban en todo lo que podían, incluso en compartir el pan de misa o la leña para las estufas en invierno. Si las palabras hubiesen sido comestibles o combustibles, a buen seguro se hubiese hecho un mejor uso de la gramática.

Asistimos a una lección universal que enseña que
la madera seca de España o Flandes prende por igual en el
quemadero de inocentes.

CAPÍTULO IX
UN SILENCIOSO POLEN CAE SOBRE NUESTRA SÁBANA SANTA

No tuve más remedio que cubrir mi boca con un pañuelo de justas desgastado para evitar saborear el polen de ceniza que todavía persistía en la atmósfera.

Levantado el campamento y al paso del socorro de Mastrique, rozamos los márgenes azules de agua dulce del río Mosa, en los que encontramos restos de quemaderos todavía henchidos de residuos de lo que antaño significaron seres de carne y hueso.

Aún quedaban algunas mundanas pavesas suspendidas en el aire que luchaban por echar raíces sobre el marfil blanco de nuestra Sábana Santa y bandera. Pero, para nuestra fortuna, el agua de lluvia habría de limpiarla de toda impureza.

Continuaba hilando un paso tras de otro sumando jornadas de ruta hacia lo desconocido, inclinando mi maltrecho cuerpo sobre mi recia pica, que igual me servía de herramienta de muerte que de bastón de apoyo.

Atrás quedaron mis huellas impresas sobre el hollín como muestra de la barbarie que también afectaba a los vecinos de España.

Sin desearlo, había hallado en esos vestigios la prueba sobre la que había escuchado cientos de voces. La demostración de la atroz persecución que también se acometía en la Europa no hispánica, donde una incalculable suma de mujeres habían sido ajusticiadas acusadas de brujería en una caza exageradamente mucho más represiva que la dirigida por la Inquisición española. Una abominable práctica de la que los hombres y mujeres habrían de guardarse siendo muy cautelosos en sus faltas y quebrantamientos, pues, a pesar de lo que se diga, la muerte en la hoguera se aplicaba por todas las justicias civiles y tampoco era un privilegio inquisitorial.

Caminaba a salto de mata para no pisar en terreno falso y tratar de salvar mis quebradizos tobillos del fácil doblego ante las torceduras, pero hogaño parecía que calzaba unas botas que zozobraban permanentemente en un lago de barro. Además, noté como si el alma, que ya pesaba como una bola de cañón, se me hubiera bajado de repente a los pies. A buen seguro que había querido alojarse a la defensiva en un punto alejado de mi entendimiento, como la punta de mis dedos.

Había recorrido sin descanso excesivas leguas de marcha y, a cada paso que daba, me sentía más aturdido. Arengaba pues con brío a mis extremidades, recitando los versos que compuso Calderón de la Barca para gloria de sus infantes.[30]

---

30. «A buena ocasión llegamos, pues que poniéndose haya el ejército en batalla, para que a un tiempo podamos vivir ganando opinión, o morir deseando fama. este ejército que ves vago al hielo, y al calor, la República mejor, y más política es del mundo: Aquí nadie espere, que ser preferido pueda, por la nobleza que hereda, sino por la que él adquiere. Porque aquí la sangre excede el lugar que uno se hace, y sin mirar cómo nace, se mira cómo procede. Aquí la necesidad no es infamia; y si es honrado, pobre, y desnudo un soldado tiene mayor calidad, que el más galán, y lúcido, porque aquí, a lo que sospecho, no adorna el vestido al pecho, el pecho adorna al vestido.».

No en vano, estos actos de gracia (de bestia o
individuo) me congratulan. Y por suerte Dios dispone que,
en el caso del parto de animales, no haya que hacer encaje de
bolillos para sortear la furia de la matrona a fin de presenciar
el esperado acontecimiento.

CAPÍTULO X
PARTERAS Y LAGARTOS

Por fin, la partera del tercio hizo acto de presencia y, con esmero, ayudó al biennacido a liberar su primer llanto que, por un momento, eclipsó el sonido sordo de la vanguardia aguardando la orden de avanzar.

La comadrona lavó sus manos con la helada agua del río, que era la más pura y menos contaminada que se puede encontrar en este vástago paraje. Una vez más, su faena fue sobresaliente, como el resto de los cometidos propios de su condición.

Eran mujeres muy válidas las parteras. Practicaban exámenes a las parturientas y, a instancia de parte, también lo hacían para compulsar si una mujer se encontraba encinta. De forma similar, actuaban como perito judicial en los actos de violación y abuso, dictaminando si la acción varonil se había consumado y si la virgen había sido desflorada. Frecuentaban los tribunales, donde era muy corriente que testificaran sobre infidelidades matrimoniales. De ello dependía la justa apreciación y veredicto de las sentencias.

Con todo, reconocía que obraban un oficio de alto riesgo. Había visto a algunas conducidas al quemadero acusadas de practicar brujería con fetos no bautizados o crear pócimas con la sangre de la placenta.

Después de emplear 56 agotadoras jornadas y otros cinco despuntes del alba de navegación en recorrer 240 leguas[31] por el continente y 348 millas náuticas[32] por mar, muchas cosas habían pasado desde nuestra llegada a nuestro destino, haría unos cuatro meses largos. Desde luego, lo primero que había aprendido era que las humanidades, la retórica y filosofía del bachiller allí valían de poco.

Casi llegado a mi punto de descanso donde iba a dejar caer mis huesos por un rato, alcancé a escuchar los mugidos de una vaca que estaba alumbrando sobre un montón de paja seca en el improvisado establo habilitado para las bestias. Y, como aún no me había desvanecido por el cansancio de la guardia, decidí asistir a ese segundo parto que, por cierto, me resultó igual de instructivo que el de la esposa del carnicero, que ya iba por su tercer retoño.

Melchor me acompañaba. Había escapado otra vez de los cuidados de la anciana aya del tercio porque él prefería (siempre que podía) estar a mi lado o al de Nicolás y, por supuesto, cerca del lagarto de cola larga y ojos saltones de Federico.

Januelo era descendiente de un dinosaurio robusto que todavía conservaba en el dorso las dos bandas oscuras longitudinales propias de los ejemplares jóvenes. De color pardo

---

31. Medida de longitud que se fijó originalmente en 5000 varas castellanas de Burgos, es decir, unas 2,6 millas romanas, 15000 pies castellanos o 4,190 metros. En un intento de unificar la legua en 1769, una real orden estableció marcar los caminos con los leguarios, que señalaban las distancias a Madrid utilizando una legua de 8000 varas.
32. La milla náutica se originó en la antigua Grecia y se define como la longitud de un arco de un minuto (1') de meridiano terrestre (equivale a 1852 metros).

oliváceo, mantenía numerosos ocelos claros en los costados que le ayudaban a mimetizarse con el terreno.

Acerca del bicho, contaba una leyenda que había pertenecido a un hermano del tercio que fue capturado y torturado hasta la muerte por los holandeses. Al parecer, nuestro camarada, que también era prójimo versado en los reptiles, había recorrido medio mundo en busca de conocimiento sobre el veneno de los ofidios y sus aplicaciones terapéuticas. De Januelo se decía también que fue traído como polizón desde la Isla de Gran Canaria cuando apenas era una lagartija.

Sobre Bernabé da Oliveira (su dueño), se mencionaba que fue un infante de origen portugués simpatizante de la Corona española que hizo ruta desde las Azores hasta Filipinas, de donde trajo toda clase de fluidos de serpientes venenosas.

La de la Cobra Real era, de todos ellos, el más letal y siempre gustaba llevar un poco de este brebaje por si era menester usarlo.

Bernabé solía juguetear con la sortija, a la que daba vueltas constantemente sobre su dedo corazón. Se especulaba que de esa forma mantenía el veneno diluido para poder verterlo en cualquier momento sobre una copa de vino. Por ello, los adversarios de los juegos de cartas le temían.

También había que hablar sobre el chatón del anillo (una cápsula de plata vieja en forma de ataúd) que ornamentaba la alianza y a la vez albergaba la ponzoña. Se contaba que una sola dosis arrojada en una barrica de agua podía acabar con cincuenta infantes y, sobre un abrevadero, podría dejar secas a otras tantas bestias de carga.

Sea como fuere, parecía que cuando nuestro camarada fue atrapado, antes de expirar con su último aliento, puso el veneno oculto en su boca y acto seguido escupió sobre el rostro descubierto de su verdugo. Decían que fue tan poderoso el tóxico del ofidio que acabó con la vida de los dos en pocos instantes.

Fue entonces cuando, por otros avatares del destino, Januelo cayó al cuidado de nuestro siempre bendito hermano Federico, quien, además, para hacer las delicias de Melchor, le había fabricado al pequeño dragón un diminuto morrión hecho con un trocito de metal de coraza, que daba al reptil un aspecto hercúleo.

Abrigada en amplio mantón de flecos, envuelta en tejido con lana de cabra de Cachemir que seguro le fue regalado por algún príncipe, huye del aposento del gran maestre. Escapa de ese olor penetrante a orín nocturno y cofaina que lo impregna todo.

CAPÍTULO XI
UN CASTO REENCUENTRO

Belén de Monterosso no era otra querida más de maestres de campo y capitanes. Entendía la teología, el latín y el griego. Practicaba las reglas de la gramática y los ejercicios de traducción de textos escogidos. Pero sobre el fango de Flandes, todo eso estaba de más.

Por casi cuatro meses (el mismo tiempo que llevábamos aquí) había estado recorriendo sin descanso las trincheras, pertrechando de alimentos y atenciones a los soldados, demostrando que su socorrida profesión no estaba reñida con la lealtad a la causa.

Belén deambulaba acariciando delicadamente las gruesas piedras de la muralla como si fueran las cuerdas de un arpa. Conocía mi presencia por el pequeño Melchor, que la visitaba regularmente para mostrarle cómo crecía su lagarto Januelo y, de paso, permanecer unos minutos bajo el regazo de una madre.

Esa distinguida dama, que desde nuestro primer encuentro no había podido olvidar, había cambiado mucho su aspecto. Ya no portaba el deslumbrante vestido sin costuras en la cintura y saya con papos de tafetán blanco; por el contrario, su ataviado ropaje estaba hecho jirones. Tampoco dejaba libres sus sugerentes senos para hipnotizar a los hombres, pues un pesado chal de lana los ocultaba y abrigaba.

La dama que pensé inalcanzable, que despertó en mí el deseo furtivo del atrevimiento, caminaba hacia mi posición y yo anhelaba que fuera de forma deliberada.

Al cruce con ella, incliné la cabeza cortésmente para saludarla. Al haberme despojado del pesado morrión, dejaría mi rostro al descubierto para que no hubiese ningún equívoco de quién era.

Como en aquella mañana en el puerto de Génova, los vapores de nuestros alientos coincidieron de nuevo entrometidamente a la distancia de un susurro, haciéndose visibles al contacto con el aire gélido del exterior.

Acepté unos mendrugos y unas tiras de tocino rancio, unas pobres viandas que contrastaban con las hogazas de pan blanco y ristras de chorizo que yo afanaba de la despensa de mis tíos y que luego intercambiaba por lecciones de repaso de cálculo y lenguas muertas en el colegio de jesuitas de Alcalá de Henares.

El preciado alimento me quedó entregado del mismo modo que se recibe la forma consagrada cuando se comulga, y ese gesto me permitió acariciar las manos de mi anfitriona.

A Belén le gustaba bromear con los actos de familiaridad, y así me recompensó con un tierno beso en la frente, que ahora lucía despoblada de la sólida protección de acero. Un gesto íntimo, excesivamente casto, pero que, en ese momento, valió más que todas las riquezas de El Dorado.

Los nuevos no nos sentimos desvalidos, pues el tercio
ahora nos adopta como hijos de una marcial familia que no
abandona a ninguno de sus vástagos.

CAPÍTULO XII

ESPAÑA, MI NATURA;
ITALIA, MI VENTURA;
FLANDES, MI SEPULTURA

De esa suerte, los novicios fuimos aleccionados por los más avezados para guerrear en vanguardia e instruidos para todo tipo de refriegas, así hubiese que luchar de frente con espada y daga en mano de caballeros o se terciase el administrar justicia con artimañas de pillastres a golpe de puñal y capotillo.

Muchos de los que inundaba las filas eran víctimas apremiadas por las carencias y la pobreza; otros eran voluntarios apurados por distintos lances. El tercio era variopinto, pues la misma carne de cañón habitaba en la España que en la Italia o la Germania.

Los españoles nos reuníamos en un núcleo autárquico que se bastaba a sí mismo y, aunque las penurias nos acechaban incesantemente, nunca nos sobrepasaron.

Debido a las malas condiciones de salubridad del campamento, las diarreas se encontraban a la orden del día. Con esa mala mano, la disentería ganaba la partida a los que se atrevían a desafiarla bebiendo agua en mal estado o ingiriendo alimentos podridos, imposibilitando al infante para todo trabajo en los casos más graves.

Si habíamos venido a la guerra para dejar las carencias del hambre, entonces nos equivocamos de lugar. El ayuno continuado cerraba el ano impidiendo la defecación, porque simplemente no había nada que echar del vientre.

Lo cierto es que ya no recordaba la última vez que había descargado con algo de consistencia. Si alguna vez durante mi tiempo de servicio en el tercio mis heces fueron sólidas, seguro que lo fueron más secas que ese esqueleto de galgo que deambula olisqueando nuestras pertenencias y que utilizaba su lengua como un oso hormiguero para encontrar algo de alimento.

Y entonces se me ocurrió que la oportunidad daba pie sin dilación para pescarlo y sacrificarlo en este preciso momento y saciar en algo nuestra hambre. Pero más tarde dio pena a los hombres, pues tan flaco andaba el animal que hubiese salido mejor estofado de sus pulgas que de su escasa chicha. Tras su liberación, los graciosos le pusieron de nombre Caimán y allí quedó para disfrute de algunas caricias y mimos.

No éramos integrantes de una orden religiosa, pero la prudencia (en palabras de nuestro páter), nos arrastraba a vestir desaliñados con las escasas prendas de nuestra propiedad (como si hubiésemos tenido otra opción…).

Quedaba reservada a los vivanderos que seguían al cuerpo de ejército la deshonrosa tarea de desnudar a los cadáveres y despojarlos de sus ropas, indumentaria que luego serviría para mercadear con quien pudiera adquirirla con su escasa o inexistente paga.

De ese modo, formábamos parte de una milicia austera por necesidad, pero a la que nadie prohibió sumar aquello que buenamente pudiese atribuirse de sus enemigos.

Cuando mi hija mayor, de apenas quince años,
correspondió a su pretendiente con una sonrisa, una rabia
inusitada me invadió de repente.

CAPÍTULO XIII
CUANDO BORGOÑA PERDIÓ SU ESTANDARTE

Pronto, el sonido que acompasaba el desenvaine del acero de las espadas y el torpe choque de las puntas de las picas, que en conjunto íbamos a enfrentar hacia nuestros adversarios, logró centrarme en el aquí y ahora, donde ya no había lugar para la vacilación.

La lengua bífida del mal envolvía petos y yelmos, avanzaba sin dilación reptando entre calzados. Se movía silenciosa por las extremidades extendidas de los hombres, que usaba de puente para llegar hasta las proximidades de nuestro emplazamiento.

Traté de embozarme en el barro para camuflarme, pero todo fue en vano, porque ya percibía muy próximo el nauseabundo aliento de esa serpiente pudridora que se deslizaba sinuosamente entre las decenas de cuerpos sudorosos que se habían dado cita en la batalla.

Me buscaba sin descanso. Llegado el momento, levantó su figura poderosa dejando al descubierto el blanco de su resplandeciente torso anillado y, cuando me localizó, enmascaró su forma en la punta de la pica flamenca y recibí su ataque. Por fin, consiguió hundir su mandíbula sobre mi brazal inoculando todo su veneno.

* * * * *

Las fiestas de la Pradera de San Isidro para venerar al patrón recién canonizado (1622) trajeron el aroma a bollos horneados de los comerciantes y al romero recién cortado que las gitanas trataban de repartir a cambio de la voluntad.

Sobre la verde explanada de la ribera del Manzanares, mi esposa extendió un mantel de puntilla de cruz en el que había colocado algunas viandas preparadas para la merienda, y así poder disfrutar con el estómago lleno de las danzas populares.

El pretendiente de mi hija mayor, que aparecía bien aseado y mostraba buenos modales, nos había declarado que sus intenciones eran honestas y que, por la honra de mi primogénita, no había de perder el sueño, pues sabría guardarla hasta el casamiento. Y, en el fondo, había de confesar que, mientras yo le maldecía, a la vez me odiaba por ello, porque dado el caso era más fácil acabar con un miserable que con un honrado mancebo.

Lo que sí era irrefutable es que yo recelaba sustancialmente de Carlos Asunción de Ribera; seguramente lo hubiese hecho de cualquier otro, pero en ese caso la mala reputación de su padre le precedía.

El hombre del que había heredado su apellido era un conocido frecuentador de las casas de apuestas en las que aprovechaba para cerrar toda clase de negocios turbios. D. Félix de Ribera, a buen seguro, miraba en esa unión la posibilidad de extender sus tentáculos a través de la imprenta real que mi familia regentaba.

Visitador asiduo de las haciendas de gentes de malvivir, era también afamado por su habilidad para aprovechar las calenturas de las viudas y satisfacer a las mujeres que habían quedado en casa esperando por largo tiempo el regreso de sus maridos de las campañas militares.

Luego me atormentaba cómo hacer comprender a una hija, sin hacerle daño, que iba a desposarse con el hijo de un acólito del demonio y que no podía aprobarlo. *«Qualis pater talis filius* (de tal padre tal hijo)».

Cuando le confesaba ese secreto a mi buen amigo y camarada, él no me envidiaba. Seguidamente despotricaba Federico, cargado de razón, sobre la incompatible relación entre el amor y la conveniencia. Aunque no tenía la experiencia de haber tenido hijos, decía que esos dos elementos habían sido enviados para acabar con la vida de los hombres con alma, que, como yo, se volvían locos buscando firmar un pacto de conciliación entre ángeles y demonios.

* * * *

En ese preciso momento en el que mis pupilas dilatadas se encontraban frente a frente con las de la impasible serpiente albina que acababa de alcanzarme con la dureza del acero frío, me cuestionaba profundamente si esa no sería la explicación más plausible para haber tomado aquellas terribles decisiones, y si la ponzoña de ofidio que galopaba ahora por mis venas hacia mi corazón era el remedio que merecía.

Poco recuerdo de aquel día, salvo que un manto de
plumas plateadas bajó del cielo, envolvió mi maltrecho cuerpo y
lo protegió de las nuevas embestidas de la bestia.

CAPÍTULO XIV
LLEGADA AL BARRIO DE MORIBUNDAS DE LIEJA

A María Constanza le gustaba entrar de puntillas a nuestro dormitorio y poder observarnos detenidamente, tal como lo hacía con su colección de gusanos de seda. Permanecía allí en sigilo hasta que la influencia de su sola presencia lograba despertarnos. Todo lo contrario que la presurosa de su hermana pequeña que, cuando se despertaba, se adentraba a trompicones en el cuarto para que nadie le impidiese ser la primera en colarse en el lecho conyugal. Ambas, tan distintas de carácter y a la vez tan parecidas en cuerpo y alma.

Lentamente, la visión de mis dos pequeñas se fue distorsionando igual que una niebla se levanta del suelo y dispersa los recuerdos por el cielo. Entonces vino a mí la imagen de la pecosa carita de Melchor que, con su amplia sonrisa, ponía al descubierto su particular diente de leche, imperturbable desde la niñez, sobreelevado encima de uno de sus caninos.

* * * * *

La estancia donde me habían alojado era un espacio luctuoso y casi digno de llanto presidido por un sencillo crucifijo. Desconcertado, le pedí a Melchor que dejase pasar la luz que ahora se ocultaba tras los cierres de la ventana.

Por fin la entrada del sol del mediodía transformó la habitación haciéndola más acogedora, y más aún cuando sus cálidos rayos cayeron sobre el rostro descubierto de la dulce novicia de apenas veinte años encargada de mi aseo y cuidado.

Marie Julié me resultaba familiar. Sus largos cabellos rojos y su tez blanca como la leche recién ordeñada convergían en una belleza de esas que te sacuden violentamente una patada en el vientre y te dejan sin habla. Una percepción divina que solo había experimentado observando la desnudez ilustrada de la mismísima María Magdalena.

Pero insisto en que ya no estaba seguro de nada, y es que tantas idas y venidas del sentido, despertares y desvanecimientos no me permitían discernir si Marie Julié era mito o mortal de carne y hueso.

Hacerme estas preguntas tan trascendentales en mi actual estado de debilidad era como querer desafiar al bicho del lagarto a aguantar la mirada y ver quién pestañeaba antes.

Porque Januelo parecía casi invernar más que participar en el juego. Melchor se reía mucho con ese reto y así habíamos pasado buenos momentos en el campamento, provocando las bravatas de fornidos hombres que siempre sucumbían a la bestia.

* * * * *

Ingerir la leche recién sacada de las ubres de la cabra me recompuso bastante, y a poco fui recuperando la suficiente fuerza para poder soportar sin desmayarme las dolorosas curas que se me practicaban sobre una herida que, afortunadamente, no fue producida por ningún instrumento endemoniado de artillería que tanto odiábamos los infantes, sino por la punta mellada de un venablo.

Aunque el recio brazal de cuero protegió en buena medida mi antebrazo derecho, la lanza laceró profundamente su parte media e infligió un daño severo. De no ser por la presurosa intervención de Federico (mi ángel de la guarda), que taponó la profusa hemorragia, a buen seguro que hubiese perdido el ánima en ese maldito cenagal en el que el tercio español del Barrameda había caído emboscado.

Ante la falta de cirujano, recibí de un hábil barbero los primeros auxilios, pero, con sus escasos medios, no pudo hacer mucho más por remendar la amplia herida que asemejábase a los labios mayores de la vulva de una parturienta. Luego, a consecuencia de la pérdida de tejido, se hizo imposible cerrarla en su totalidad y tuvo que ser tratada con grasa caliente y vendada con paños de estopa y vinagre para bajar la inflamación.

De la fecha y del porqué de mi posterior traslado en carreta a la Iglesia del barrio de mujeres de Lieja, no habría podido responder en ese momento, aunque hubiese querido.

Postrado sobre un humilde camastro que, aunque
sin aliño de buenas celosías de cuerda, no por ello resultaba
demasiado incómodo, me prometí que lo primero que haría
al regresar a España sería recuperar a mis hijas del convento
religioso en el que las había obligado a ingresar.

CAPÍTULO XV
AL CUIDADO DE MARIE JULIÉ

Por aquel entonces, me convencí a mí mismo de que, estando lejos de Madrid y apartándolas de las superficiales distracciones de los hombres, podrían continuar sus estudios con ligereza. Consideraba su preparación mucho más importante que la de buscarles prometido como si fueran una simple mercancía de venta.

Por el contrario, creía vital que ambas contaran con un desarrollo intelectual adecuado que les permitiera ser inteligentes y hábiles en un mundo dominado por el pensamiento masculino. Luego deseaba, a mi manera, protegerlas por encima de todo.

De ese modo, mi segunda hija, Margarita, siguió los pasos de su hermana mayor. Es más, llegó al convento a una edad más temprana que la primera, lo que resultó una sentencia aún más penosa. Confieso que el egoísmo del miedo a perderlas tan pronto me nubló el juicio.

* * * * *

Todo en ese lugar me inquietaba. A pesar de que en ese enclave las aguas del Mosa eran tranquilas y cristalinas, no podía dejar de pensar en la escena de los cuerpos flotando de mis hermanos caídos tan solo a unas pocas leguas río arriba. Además, ese refugio en mitad de la nada tampoco estaba exento del abrazo de la muerte, pues albergaba un sanatorio de desahuciadas, lo que no era un incentivo muy halagüeño para una convalecencia.

Melchor continuaba con la devoción por el dibujo. Siempre que podía, retrataba a Julié rezando o enfrascada en otras escenas cotidianas, como trabajando el huerto o recogiendo los huevos de las gallinas ponedoras. El muy pillo, a hurtadillas, incluso había logrado representarla en el acto íntimo del aseo. El pequeño artista plasmó en su cuaderno con tal sutileza el descubierto de sus hombros y las redondeces de sus caderas, que no sería ninguna de las venus retratadas por los mejores pintores merecedoras de más veneración que esa.

Marie Julié me intrigaba. Cuando el inocente de Melchor le mostró su dibujo, no le devolvió un mal gesto. Lejos de propinarle un pescozón por su osadía, la iniciativa del niño la agradó infinitamente.

Ambos disfrutamos de los cuidados de nuestra joven religiosa una gran temporada. Una atención que se prolongó hasta que yo me recuperé por completo de la fiebre provocada por las traicioneras infecciones de mi herida y, de paso, de otros males inventados que pícaramente decía que me visitaban y me causaban desfallecimiento.

Durante ese tiempo de descanso degustamos una de esas gallinas de buena grasa de las que tanto hablaba Federico. Nuestro compadre tampoco se equivocaba en lo referido al hacendoso cariño practicado por las holandesas.

Marie Julié era un sol en las tinieblas de mi oscuro lecho.

Todos supusimos que Torda llegó del Barrameda como un presente del maestre, pero la marca del hierro de la Casa Real en la cara de su muslo izquierdo (disimulada por el pelo oscuro de cicatrización) delataba su procedencia a corta distancia.

CAPÍTULO XVI
UNA INESPERADA VISITA

Yo ni lo hubiese reconocido, pero Melchor tenía el oído fino de los niños, y el relincho de Torda (todavía más allá del alcance de la vista) le hizo saltar de alegría.

No en vano, en el campamento el pequeño pasaba largos ratos en los establos de las caballerías, donde se había familiarizado con el sonido particular de cada bestia.

Luego de que Belén Monterosso corroborara las palabras con las que el almirante había participado del suceso del puerto, el pequeño se ganó la protección de su excelencia. Cómo la valentía de Melchor había contribuido para salvaguardar al animal de las manos zafias del capitán Beltrán caló profundamente en Olmedo de Almagro, que en recompensa le concedió escoger el nombre del equino.

Los niños buscan siempre soluciones sencillas a los problemas, así que, para resolver esa cuestión, se le ocurrió bautizar a la yegua con el femenino de Tordo (en este caso, Torda), en alusión a su precioso pelaje de color tordo. Una elección que al maestre le pareció muy apropiada y que también contó con el beneplácito de Belén.

No obstante, la buena de Torda tenía un grave problema y es que simplemente no se la había criado para ser un caballo de tiro. Su anatomía no era la adecuada para el arrastre de pesos y, aunque el animal tuviese rasgos nobles, presentaba el carácter desconfiado propio de los caballos inquietos de pura raza. Los cocheros no la querían porque se asustaba y soliviantaba al motín al resto de animales.

Lo que verdaderamente sucedía era que esa yegua estaba hecha para ser ordenada por el jinete y no para ser espoleada por las largas riendas del carro. Esa era la razón de que diera rienda suelta a sus patas traseras y soltara coces en exceso.

La guerra continuaba sin cuartel y las monturas escaseaban, lo que irremediablemente significaba que o las bestias servían de algo, o habrían de ser tristemente sacrificadas para el acompañamiento de las pobres legumbres y el sustento de las ollas del cocinero. Melchor sabía muy bien de ese riesgo, pues era de los pocos a los que Torda permitía acercarse para cepillarla y asearla, y escuchaba de primera mano las protestas del resto de mozos y quejas de los caballerizos.

Belén nunca hubiera deseado ese destino para su preciado tesoro, pero, cuando la campaña se torció, la utilidad de Torda quedó en entredicho. Una terrible tribulación embargó a la dama y, antes de cederla a la unidad de lanceros y perderla para siempre de vista, prefirió ubicar a la yegua en la retaguardia para facilitar la logística del campamento.

* * * * *

Al principio no presté mucha atención a Melchor, pero, luego de escuchar el traqueteo clásico de los cascos de los percherones, salí al encuentro de la comitiva.

Tirando del desmembrado carro, destacaban dos robustos equinos de capa castaña y, acompasando a pie el paso de los animales, sonreía al frente mi buen camarada Federico. En la posición del cochero, pude distinguir a mi leal amigo Nicolás y, junto a él, para poner la guinda al pastel, venía sentada la distinguida Belén de Monterosso.

Cerrando el séquito y amarrada a la parte trasera del carruaje, se hallaba ofuscada, como un niño chico, la traviesa de Torda.

Las dobles mentiras, las verdades a medias, todas esas falacias habían enturbiado la correspondencia entre la afirmación y la realidad de los hechos.

CAPÍTULO XVII
ACUERDOS DE GOBIERNO

e encontraba estupefacto por su presencia. Si Belén nos rogaba en ese momento que regresáramos a España era porque algo muy importante estaba en juego. Ahora empezaba a comprender el porqué de mi traslado a un lugar tan extraño como el barrio de mujeres enfermas de Lieja, pues no había mejor rincón para tratar los asuntos de especial discreción como ese.

—Melchor os acompañará a ambos en el viaje y, hasta que la cédula de su adopción sea legitimada por las autoridades, será tutelado por vos, Nicolás. De esa forma no podrán relacionar al pequeño con la misión principal. Además, disfrutaréis de una paga vitalicia acorde a vuestro rango militar de cabo que en este acto os concede el maestre y que, mal que bien, os permitirá sobrevivir si las cosas se tuercen. Mas Federico quedará temporalmente en el campamento, pues el maestre necesita hombres de confianza. Así lo ha dejado estipulado su excelencia en la carta que en este momento os entrego —expuso Monterosso.

Acto seguido, recibí su atención en exclusiva y continuó:

—La causa del tercio está en juego y el bienestar de su familia también, mi buen Tristán.

—¿Qué quiere decir, mi señora Belén? ¿Qué tiene que ver mi familia con los asuntos del tercio? —encadené una pregunta tras otra de forma apresurada,

—Nada y todo, mi buen señor. En cuanto vuesa merced se enroló en la partida de infantes de Madrid, Ribera urdió su plan.

—¿Ribera? ¿Quién le ha hablado de esa víbora? —insistí tras pegar un brinco y retroceder un par de pasos.

—Déjeme explicarle, mi buen Tristán. Los negocios de esa serpiente, como bien define, han alcanzado las arcas vacías de muchos deudores de juego, y al capitán Beltrán le fue propuesto zanjar su obligación y condonar su descubierto a cambio de facilitar vuestra desaparición.

Perplejo con esta revelación, mi cara se volvió un poema, por lo que Monterosso se apresuró a agarrar mis manos que, por primera vez, se mostraron esquivas con las suyas. Entonces hizo una pausa y continuó:

—No estaba previsto, pero el destino quiso que vuesa merced conociese al capitán en Génova, donde aprovechó la excusa de llevarse a Torda para intentar despacharos en caliente. Le aseguro, señor mío, que yo en ese momento no imaginaba las artimañas de mi acompañante, pero más adelante las confidencias inocentes de Melchor despejaron mis sospechas.

Para entonces, mi desordenado entendimiento ya había caído al fondo de un pozo lleno de delirios y no quería continuar escuchando más sandeces. Elucubré entonces en mi cerebro la sucia burla, la puerca conspiración de la que había sido víctima.

—¡Claro! ¿Cómo no había caído yo antes en la cuenta de que la historia de Melchor, Beltrán, Ribera, Julié y Monterosso se trataba de una retorcida farsa para reírse de los inocentes que, como yo, sueñan con una quimera griega en Flandes?

Luego, después de cuestionar abiertamente la lealtad del resto, me abandonó la razón. Sinceramente, no consigo recordar el momento en que se puso en mi camino la navaja para el aseo de la barba. Tampoco de cuándo adquirí un estado sin retorno que no me permitió percatarme de la línea que dibujé en el aire al descubrir la cortante hoja.

—¡Mentís todos, tiranos! —exclamé furioso—. ¡Y, os lo voy a hacer pagar!

Ahora bien, como las mujeres parece que ponen la cordura a los hombres que la pierden, Julié, sin andarse con floreos, agarró una vasija de barro y, en defensa de su señora, me descalabró la cabeza. Con tanta fuerza lo hizo que a punto estuvo de dar al traste con mi participación en la misión.

De nuevo, quedé privado de sentido, esta vez medio ahogado en mitad del charco de vino y sangre que se había formado en el terrazo de la cocina.

Sin inmutarse, Federico dirigió una mirada de atención hacia Nicolás como los cómplices enamorados que se hacen señas a escondidas:

—Os dije, hermano, que Tristán reaccionaría así. Me debéis un vaso de vino.

De vuelta a la vida, me encontré con la reacción de un impaciente Melchor a quien nadie pudo detener. Sus puntapiés dirigidos a las canillas rivalizaron en contra del agarre de los brazos aguerridos de Federico y Nicolás y, tras zafarse de ellos, corrió a echarse encima de mí.

CAPÍTULO XVIII
PROMESAS ANTES DE PARTIR

Mientras rogaba que no le abandonara, el pobrecillo sollozaba y juraba a todos los santos que me quería. Y así prometió que nunca volvería a mentir, aunque fuese por una buena razón.

Abracé tiernamente a Melchor y le pedí perdón por haberle asustado. El pequeño sabía de buena mano cómo los hombres podían perder salvajemente el control. Sus propias carnes ya habían quedado señaladas con la marca de la hebilla y el cuero por arrebatos de mentes débiles.

Una vergüenza absoluta me embargaba, pero, aunque yo continuaba desconcertado por las nuevas noticias, traté de reponerme y permanecer pegado a mi grumete hasta que poco a poco su congoja fue calmándose. Es sabido que un padre no tiene que hacer virguerías para sosegar los incontables desconsuelos de sus hijos. Con estar a su lado, es suficiente.

Ahora que secaba las lágrimas de Melchor de sus mejillas, no me podía ni imaginar que el llanto de mis hijas también pedía auxilio en la distancia.

Cuando la autoridad llevó a mi hogar la noticia de mi desaparición, mi esposa se mostró incólume. La sólida naturaleza, casi obligada, de las mujeres de la época las dotaba de una presencia de ánimo superior a la de los hombres. Pero la procesión siempre va por dentro, y más considerando el desalmado castigo que habían recibido las tres mujeres a mi cargo en corto espacio de tiempo.

Y es que, para Constanza, todo ese cúmulo de sucesos fue insuperable. Así, de la noche a la mañana, un buen día decidió escapar de la vida religiosa y huir con su enamorado a Portugal. ¿Y quién se atrevería a juzgarla? Yo sería en todo caso el menos indicado. ¿Acaso no había hecho yo lo mismo marchando a Flandes?

Después de las misas y plegarias vendrían los asuntos delicados de gobierno sobre la hacienda y el negocio familiar, que desde la fecha de mi partida dirigía mi esposa.

Con unos aprovechados como los Ribera de por medio, la tormenta perfecta se había desatado para una viuda con dos hijas y sin heredero varón.

* * * * *

En Lieja dimos por concluido el día. Mi cabeza aún daba vueltas y Monterosso, sentada a mi lado, me tranquilizó. Belén buscaba en ese gesto un acercamiento a mí, incluso optó por la adopción de un tratamiento más íntimo en el lenguaje formal que había mantenido hacia mi persona tras nuestro primer encuentro.

—Mi señor, nadie forma parte de un ardid o engaño, solo que los acontecimientos pueden ser muy puñeteros dentro y fuera de la guerra. Pero aún hay tiempo —me dijo—. He mentido tanto a los hombres a lo largo de mi existencia que he creído verdad de lo que era falso. Pero eso se acabó al decidir venir aquí.

Belén se había levantado de mi regazo y paseaba inquieta por mi habitación, de donde había echado a todos los demás. Era la primera vez que estábamos a solas y yo lamentaba que me viera una vez más dolorido y, a la postre, con la cabeza vendada como con el turbante de un árabe.

—Mi fiel aliado. Desde que os conocí, creí ver ante mí a un noble caballero. —Y, tras una pequeña pausa, prosiguió—: Después, el dulce Melchor me habló tanto de vos, de tan excelsa lealtad y finura, que por una vez no encaminé mi poder de forma torticera para aprovecharme de los hombres honrados.

»Mi buen señor, tenéis ahora una doble empresa: salvar la honra del tercio y la de su querida casa. Si considera que son la misma cosa, entonces no habré errado en mi elección.

Belén, de vuelta al amparo de mi seno, se arrodilló entonces junto a mi cama llevando sus manos hacia mi rostro:

—Tristán, he de deciros que Melchor os idolatra y así se ha forjado la esperanza de que sea su padre quien algún día le regrese a su casa de España.

»Además, tenéis que saber que, al igual que sueña con las aventuras de Januelo y Torda, al amparo de ese deseo ha urdido en su mente andanzas con sus hermanas, Constanza y Margarita.

»Quiera Dios que vos estéis de acuerdo con sus fantasías, que bien merecidas serían si fuesen cumplidas.

Asentí con la cabeza, pues no había más que decir. Pero Belén, besando mis manos, volvió a incidir en el asunto.

—Necesito escucharlo, ¿qué me decís, mi buen Tristán?, ¿puedo confiar en que lo cumpliréis?

—Así lo haré, mi señora. Y de esta promesa responderé con mi vida.

—Eso no será necesario, mi leal Tristán. No necesito mártires ni héroes, solo hombres de palabra, y con la vuestra me ha de bastar.

El cansancio de Belén era palpable, sus ojeras y la palidez eran apreciables en su rostro. El brillo de sus ojos parecía más apagado y sus húmedos labios se mostraban secos y agrietados, menos bermellones y más violáceos.

—Ahora, habréis de permitirme retirarme. Continuaremos nuestra conversación mañana. Os dejo a cargo de los cuidados de Marie Julié, aunque os aconsejo que esta noche, dada vuestra frágil condición, os contengáis de excesos.

Pasados los barrios de extramuros de San Pablo y San Miguel, alcanzamos la amplia calle del Coso. A su llegada a la ciudad de Zaragoza, en plena celebración de la Semana Santa, el grueso del tercio se acomodó a refugio del malogrado recinto amurallado interior, que antaño había delimitado el asentamiento romano de Caesar Augusta.

CAPÍTULO XIX
SOPA BOBA EN ZARAGOZA

Apenas eran un centenar de infantes los que iban a ser provistos de sustento por la archidiócesis zaragozana, pues el resto permanecía valiente en Flandes a la espera de la gloria o la muerte, quién sabe.

—¡Menuda sopa boba que nos vamos a apretar! —le dijo Nicolás a Melchor—. Come bien, bandido, que por un día hemos de dejar de pasar lacerías. Pero, antes, corre y adelanta a los demás pobres para que no nos sirvan el fondo del guiso, y procura usar tu encanto de niño y convencer a esa esbelta moza de que nos colme bien el cacillo.

Luego de acercarse el pequeño con esa gracia y donaire que le caracterizaba, demandó su atención con lo siguiente:

—Mi señora, de Flandes vengo con mi tío y protector para cumplir una misión importante del tercio y de una dama muy linda a la que servimos. Le ruego, pues, que sea generosa con el alimento, porque la buena comida nos ayudará a recuperarnos de los terribles infortunios y de las agonías que hemos pasado y a disimular las grandes moraduras de golpes que recibimos por defender la tierra de España de las manos de herejes y flamencos.

Sonrió entonces a Melchor la joven doncella, que no iba vestida de hábito ni religiosa parecía, mas se diferenciaba de las otras de su edad que despachaban el género por su cabello cortado al límite de las orejas.

—Qué zalamero eres, mi buen mocillo, que del tercio dices ser, pero que, por la labia que tienes, te pareces más a un picarillo —le contestó la moza. Y haciendo una pequeña pausa para llenar bien la cuchara de reparto, prosiguió—: Sin embargo, habré de creerlo por la medalla que portas de la Virgen del Carmen, que es protectora de los soldados del foro, porque a fe que si fueses un pillo mentiroso ya la hubieras empeñado.

El tímido de Melchor asintió con la cabeza mientras alargaba sus bracitos en busca del preciado caldo, que, por ser tiempo de celebración, se había tornado en estofado.

—¡Aquí tienes! —le dijo la joven—. Y una cosa te digo, mi gracioso mozalbete. Cuida muy bien de ese presente que llevas al cuello. Ten en cuenta que una como esa tuve yo hasta que, en un agravio, con gran dolor se la regresé a su dueño. Tonta de mí, estoy segura de que por ese motivo fue después la llegada de mis penurias.

Melchor sabía que no debía abrir la boca más de lo necesario, pero es que cuando se le tiraba de la lengua, como niño inocente largaba.

—No tenga cuidado, mi señora, que esta plata no es botín de guerra y de ella no me separaré nunca, pues es regalo del infante y padre más valiente del mundo —prosiguió.

—¿Seguro que no mientes, mi fiel guerrero del tercio? —le interrogó la moza—. Mira que a la Virgen no le gustan los que pregonan falsedades.

—Seguro, mi señora, que no lo hace —intervino Nicolás, que veía que Melchor empezaba a dar demasiadas explicaciones—. Es cierto que de Flandes venimos juntos con los tullidos e incapacitados que ya no sirven a la causa, pero del resto que platica no le haga mucho caso a este mocoso, que inventa más que habla.

Mientras Nicolás continuaba sufriendo como lo haría un perro desesperado que trata de morderse el rabo, Melchor le espetó con el ímpetu de un voceador ambulante:

—¡No es verdad! Bien sabéis que le prometí a Tristán que jamás mentiría de nuevo.

Fue entonces cuando Nicolás sacó al niño bruscamente de la fila propinándole un fuerte pescozón, como aquel amo que corrige al mozo que le sirve. Al final, la inocencia de Melchor parecía que les podía meter en un nuevo apuro.

—¡Esperad un momento! —se dirigió la joven al mayor de sus interlocutores—. Pues, si decís verdad, habréis de hablarme sobre el estandarte del tercio que portáis, que no lo reconozco[33], y en esa cuestión sí que se encargó mi padre de instruirme a través de los libros.

Después de eso, Nicolás finalizó abruptamente la conversación, dando por satisfecha su hambre sin haber probado bocado. Según entendía su olfato, aquellas preguntas traspasaban la curiosidad de los que reparten caridad a los necesitados. Y, luego de dar media vuelta, abandonó apresuradamente el lugar.

Mientras las campanadas de la Parroquia de San Pablo tronaban anunciando la lectura del rosario, Nicolás y Melchor ya habían puesto varios pasos de distancia. Atrás quedó en el suelo el plato de estofado que dos perros larguiruchos se apresuraron a limpiar a lametazos. La joven, que de repente también había abandonado sus quehaceres y trataba de alcanzarlos entre el numeroso gentío que había acudido al reparto, corría desesperada tras ellos:

---

33. Ver descripción en la introducción.

—¡Deténganse, mi buen señor, y deje al muchacho en paz, no se vaya, se lo ruego! Antes quiero preguntarle por ese Tristán del que habla el pequeño.

—De buen gusto lo haría si quisiera Dios que vuesa merced se llamase Margarita o Constanza, pero ahora los asuntos del tercio demandan premura —contestó Nicolás ya de espaldas a ella mientras ambos apresuraban la marcha.

—¡Os lo imploro, deteneos! ¡Pues ese es mi nombre! —gritó la joven—: Constanza de Samaniego.

Mientras Nicolás y Melchor huían precipitadamente
como ladrones, dos senderos de profusas lágrimas hacían agua
el rostro de Constanza.

CAPÍTULO XX
LÁGRIMAS DE SAL

Por lo pronto, Melchor abrió de forma tan expresiva sus ojos que los de Januelo (que andaba sacando la cabeza desde un extremo del zurrón del pequeño) parecieron dos canicas diminutas al lado de los suyos.

Nicolás, por su parte, estupefacto, no creía del todo posible que se hubiese topado con la hija perdida de Tristán. De esa manera continuó la marcha mientras mantenía fuertemente asida la mano de Melchor y le arrastraba consigo, pese a sus quejas.

Constanza seguía implorando la atención de los que huían y, antes de caer postrada de rodillas sobre el piso, logró alcanzar por un instante el brazo de Nicolás. Fue ese gesto lo suficientemente impetuoso para que este parase en seco y se volteara hacia una joven que se deshacía en lágrimas.

Lejos de reprenderla y conmovido por esa nueva escena que ahora sí le pareció confiable, Nicolás apuntilló:

—Mi querida niña, entonces la medalla que porta su hermano es la suya.

* * * * *

Alrededor de un emocionado Melchor, pasamos un buen rato jugando a la gallinita ciega. Luego de observar al perezoso de Januelo tomando el sol encima de una piedra, fuimos a dar zanahorias a Torda, culminando así una agradable tarde de recreo.

Preparar el viaje requería prisa, pero también había que despedirse de los camaradas y al menos queríamos dedicar antes de la partida un día para confraternizar como hermanos, comer, beber bien y poder dormir a pierna suelta.

Belén, a diferencia de la mayoría de las meretrices, no provenía de una familia con carencias. No en vano, su madre había emigrado hacia la región de la Toscana para formarse bajo la influencia de la casa de los Medici como dama de compañía de la princesa María, quien posteriormente sería reina consorte de Francia.

Más adelante, ya en la corte gala, quedó encinta de un ilustre sin nombre que las malas lenguas atribuían al mismo Enrique IV. El caso es que, tras su nacimiento, la pequeña Belén estrechó lazos con la princesa Isabel de Borbón, con la que coincidía en edad y en juegos. De esa suerte fue educada a semejanza de la futura reina de España, consorte del rey Felipe IV.

A partir de entonces, Belén, como hija bastarda nacida fuera del matrimonio, adquirió el apellido de la familia de su madre, oriunda de la villa de Monterosso, en la región italiana de Liguria.

* * * * *

Bajo esas circunstancias, Monterosso se convirtió en una valiosa pieza de ajedrez entre gobiernos. Belén disponía de la protección de la actual soberana de la corona española y de los Países Bajos, coqueteaba con la corte francesa y, por origen, mantenía complicidad hacia las provincias italianas. De manera que, con estas credenciales y dominando el idioma de cama de los distintos actores europeos, se forjó la mejor espía de la reina Isabel y posiblemente de la historia de la monarquía española.

Como resultado, no había mácula que la mano de Belén no pudiese limpiar. Si ese poder alcanzaba a generales, cómo no sería capaz de llegar a capitanes como Beltrán.

«Ahora bien, en honor a los traidores hay que decir que, si alguien te ha de morder, será tu propio perro el que lo haga», pensé.

Este fue el caso del segundo del tercio, un caballero codicioso, que, a pesar de no disponer de los nueve grados de nobleza requeridos para su ingreso, lucía en su cinta la cruz verde de la Orden militar de la Caballería de San Lázaro.

Especulando que no sería extraño que un novicio pereciera en el combate a las primeras de cambio, Beltrán adelantó el buen nombre de Tristán en la lista de caídos, que cada mes llevaba el enlace del tercio hacia la capital. Un acto que posiblemente no respondía solo al adeudo con Ribera, sino que también había sido motivado por la inquina de la envidia o la venganza hacia su benefactora.

* * * * *

Nuestra llegada a Zaragoza fue providencial. Constanza no salía de su asombro y fue el dulce Melchor quien le dio la feliz nueva de que su padre estaba a salvo y se encontraba más vivo que nunca, pues había regresado en su busca. Viendo el pequeño que los ojos de la hija primogénita de Tristán se abrían como dos girasoles ante la presencia del sol, le dijo:

—Hermanita mía, no temas más, que yo he venido desde muy lejos a protegerte.

*Atemorizadas, las religiosas dejan caer sus elementos
de costura y rezos. Algunas se refugian tras los sacos de harina
y azúcar almacenados en la cocina, otras se ocultan entre las
gallinas y las aves del palomar. Sin duda, la recolección de coles
y rábanos va a quedar para más adelante, cuando el huerto
vuelva a ser un lugar seguro.*

CAPÍTULO XXI
YEMAS DE SANTA CLARA

Hasta donde conocía por los testimonios de Monte-rosso, Beltrán había traído nuevas de un Ribera que, al parecer, merodeaba la hacienda de mi esposa. Las novedades decían, además, que mi hija mayor andaba huida de la justicia y que mi pequeña Margarita había sido tras-pasada a un régimen de clausura. Muchas tribulaciones me rondaban la mente, pero, a pesar de todo, continué dando pasos firmes en mi camino para resolverlas.

* * * * *

Tanto hubo de trotar la buena de Torda que, a mi paso por la acogedora Guadalajara, tuve que herrarla de nuevo de uno de sus cascos. Mientras aprovechaba la parada para descansar, acepté de buen gusto la invitación del obispo de la Catedral de Sigüenza, a quien le era costumbre el degustar un par de perdices con los correos del rey que allí fondeaban (por uno de ellos me hacía pasar).

Acabada la sabrosa comida, fui provisto para el viaje de algunas piezas de pan, queso y chorizo. Mas con la excusa de llevar a la reina unas yemas de Santa Clara, solicité permiso para acudir al edificio conventual del mismo nombre, que además se situaba en mi ruta de paso hacia Palacio.

Fue cuando, impaciente y sin perder un minuto más, programé cruzar los arrabales de la ciudad y, a eso de la hora de la siesta, alcanzar la entrada de ese lugar de corte plateresco que al poco iba a ser violentado por la furia inusitada de mis puntapiés.

«Hasta aquí he llegado», pensé. He seguido al pie de la letra las instrucciones de Monterosso: separarme en Zaragoza de Nicolás y Melchor para apresurar la marcha, despachar con el prelado en Guadalajara para no levantar sospechas y, después, rescatar a mi hija de su tortura.

Desconocía qué peligros podrían acecharme, así que preferí ser enérgico. No había otra forma que quebrar el acceso principal más que por la fuerza y, tras hacerlo, atravesar el arco central del patio con el acero desenvainado desafiando a gárgolas, pináculos e imágenes. Interrogué a continuación a la abadesa, que presta había salido a mi encuentro a sabiendas de lo que buscaba, pero de nada me servían sus pobres explicaciones.

—¡Margarita de Samaniego! ¿Dónde estás, querida hija? —repetí una y otra vez a voces. Interrogué de nuevo a la madre priora, que temía por su vida, y su preocupación no iba desencaminada, porque en ese momento no discernía bien entre el daño y la ofensa y, espada en mano, le dije—: Voto a Bríos, señora mía, que como no aparezca mi hija en este instante ya puede encomendarse a Dios, nuestro señor.

Mientras se llevaba a cabo ese pequeño diálogo, los tablones que conformaban las traviesas del piso superior se quejaban, hervían ante el correteo de decenas de pisadas desnudas que ahora convergía en la escalera que bajaba hacia el pórtico central. Al verme, las novicias se paralizaron en el rellano, a medio camino del siguiente tramo de peldaños. Las religiosas mayores conminaron a las residentes a regresar a sus cuartos. Angustiado, entre tantas de ellas, no alcancé a distinguir a mi hija, aunque finalmente sí logré escuchar su inconfundible voz:

—¡Papá, por Dios! ¿Sois vos?

*Refiere Margarita tal flacura que sus frágiles brazos no
logran agarrarse firmemente a mi cintura y, temeroso de que
se caiga de la grupa, decido que monte delante de mí para que
apoye su espalda sobre mi pecho y que mi cuerpo haga de sostén
del suyo.*

CAPÍTULO XXII
DESCANSO EN SAN MIGUEL

En su maltrecho estado no podía cabalgar al galope, pero, a pesar de la debilidad de mi pequeña, le rogué que resistiera, pues Torda era una yegua muy noble que trotaría delicadamente sin rechistar.

En nuestro camino nos habíamos encontrado con la suave brisa del mediodía que acariciaba cálidamente nuestras caras y hacía levitar algunos de nuestros cabellos.

Margarita siempre había lucido una preciosa melena negra que ahora había sido cruelmente cortada, tal como se esquila de mala manera a una oveja impertinente. Pero, aun así, las puntas de algunos mechones supervivientes escapaban por debajo del pañuelo que cubría a su cabeza y, rebeldes, se deslizaban hasta sus hombros.

Ya habíamos recorrido cerca de diez de las veintiséis leguas de distancia que nos separaban de nuestro destino. Cuando dejamos atrás la capital arriacense, el sol estaba a punto de ponerse en las llanuras aloveranas y, por ello, optamos por buscar cobijo al amparo de la bóveda cerrada de la Iglesia de San Miguel, donde fuimos bien recibidos por la congregación religiosa que la habitaba.

Allí nos encontramos con un grupo de frailes dominicos, que estaban adecentando el aparejo de ladrillo y sillarejo de canto rodado del templo parroquial. En el interior, presidiendo el muro frontal de la sacristía, una imagen de la Virgen vestida de manto blanco se asemejaba muy de cerca a la de Margarita, lo que no pasó desapercibido para los religiosos.

Habiendo expresado a los frailes el deseo de pernoctar en su morada, estos no dudaron en atendernos gentilmente, y bien que se lo agradecimos, porque necesitábamos reponer fuerzas y aliviar nuestras necesidades. Pero otra cosa no podíamos esperar. Se daba la circunstancia de que esos pobres diablos andaban escasos de viandas para ofrecernos, pues esa era su primera siembra del huerto de primavera y todavía no había crecido nada que poder recoger.

Pero, para alivio de todos, eso dejó de ser un problema cuando, a las míseras patatas de las que disponíamos para la cena, le añadimos la buena longaniza que guardamos en nuestras alforjas. Con la combinación de ambos elementos, cocinamos una buena sopa de papas y chorizo.

—¡Qué menos podíamos hacer para recompensar su hospitalidad!

Amenizamos la velada, eso sí, con un buen vino de la tierra, que de eso siempre surte el Señor, y platicamos en la amplia cocina amigablemente al calor del fogón. Solicité entonces a nuestros anfitriones que me permitieran mezclar un poco de clara de huevo y aceite rosado para intentar aliviar las laceraciones de Margarita, pero pronto cambié de opinión a favor de una idea mejor.

Recibí con agrado los conocimientos de uno de los frailes que, por fortuna, había estado evangelizando en el Nuevo Mundo y había traído a su regreso a España la receta de un remedio de los indios que prometía ser mano de Santo para las llagas de la piel. Se trataba de un ungüento a base de cera cocida, hojas machacadas de tabaco verde y gotas de limón que preparamos y aplicamos, con mucho cuidado, sobre las úlceras aún sin cicatrizar que el azote del látigo había dejado sobre el cuero nacarado de mi pobre niña.

Luego de esto, Margarita ingirió una infusión a base de zumo de miel y vino que la indujo a un sueño agradable. Yo también la tomé, pues, según me aseguró nuestro anfitrión, además de favorecer el descanso también hacía más ligeros los huesos pesados.

✳ ✳ ✳ ✳ ✳

Llegados a la hacienda del galeno, encontramos a una familia compuesta por un matrimonio con un niño cercano a la edad de Melchor, que andaba alarmada por la tardanza de Constanza y más ahora con el acompañamiento de desconocidos.

—¡No se preocupe, mi señor, que estas personas son leales y traen buenas nuevas sobre mi padre! —anticipó Constanza.

Antes de acudir a la casa de D. Miguel de Castellanos, donde mi hija estaba acogida como sirvienta, Nicolás y Melchor habían repartido lo suyo con Constanza, esta vez sin renunciar al jugoso contenido de la olla de estofado que antes habían desperdiciado.

Una buena amistad unía a Castellanos con el tío-abuelo de Constanza y con el propio Tristán, hasta tal punto que, cuando ella se presentó en su hacienda con poco más que lo puesto y una carta de recomendación, el médico no dudó en admitirla entre su servidumbre.

Si bien sospechaba que existía alguna oscura relación entre la desaparición de Tristán en Flandes y la llegada repentina de Constanza en Zaragoza, no fue hasta nuestra presencia cuando pudo disipar esas dudas.

Al alba de la mañana siguiente, mientras apuraba un tazón de leche de cabra recién ordeñada, Margarita comenzó a sincerarse.

CAPÍTULO XXIII
JURAMENTOS Y SECRETOS

Tímidamente, iban llegando algunas explicaciones acerca del desmesurado castigo que mostraba el cuerpo de mi pequeña. De ese modo, Margarita empezó contando que, muy a su pesar, Constanza había continuado recibiendo en secreto el cortejo de su mancebo, y cómo este, en cada ida y venida, conseguía nublar un poco más el entendimiento de su hermana.

Lamentablemente, una vez consumada la trágica huida de Constanza la misma semana de Reyes, fue Margarita la que, en ausencia de la mayor, fue castigada severamente por la priora, como si de un reo en efigie se tratase. Al tiempo, acusada también de alcahueta y así desgarrada su ropa y semidesnuda, fue azotada con cuerdas de cáñamo, de este modo sirviese de ejemplo para las demás internas.

Del suceso de la cuchillada que supuestamente le asestó Constanza al hijo de Ribera y que lo condujo a la muerte, nada pudo contarnos, salvo que la llegada a la institución de esa noticia había agravado su situación, pues la abadesa hubo de ordenarle, en expiación del pecado de su hermana, una terrible penitencia de privación de sueño y alimento que la hizo desfallecer.

* * * * *

Mientras intentaba escabullirse de sus perseguidores, Constanza recordaba y lloraba las falsas promesas de Carlos.

«Qué bonito sería alcanzar el otoño como un árbol que renace de nuevo y se hace inmortal. Que caiga pues un pecado por cada una de las hojas que nuestro amor muda. Y que en cada nueva yema nazca un furtivo deseo. Sea este nuestro secreto, mi bella dama».

Era un secreto a voces que padre e hijo habían discutido poderosamente tras forzar el aposento de Constanza, pero, siendo Ribera un hombre tan odiado como temido, nadie se había atrevido a cuestionar su versión de lo acontecido. En consecuencia, así fue condenada la pobre de mi niña y reportada su ausencia a la Justicia.

En su huida y en pos de alcanzarla, salieron un alguacil y otros dos criados de Ribera, que se encargaron de registrar las calles y los lugares de tránsito, atiborrados a esas horas de una prostitución clandestina que, al amparo de la escasez de luz, se atrevía a abandonar los hostales donde se camuflaba durante el día.

A que la providencia hubiese querido que los novios, en su escapada hacia Lisboa, fondearan en Alcalá de Henares, y a la intervención de un enigmático cuarto hombre que cerraba el grupo, debía su vida Constanza.

* * * * *

Nicolás había explicado a Castellanos que se hallaba ligado a Tristán por una estrecha amistad y cómo, entre camaradas, un compromiso de tal magnitud debía de llevarse a término hasta las últimas consecuencias.

Castellanos, que era hombre de ciencia, se encontraba alejado de los códigos del honor de los soldados. Pero no cabe duda de que, en una época carente de conductas paternalistas, respetaba profundamente la integridad de los juramentos, una cualidad que también consideraba una poderosa arma entre los hombres.

Escuchado esto, llegó el turno del parlanchín de Melchor que, orgulloso, se puso a relatar ante los comensales de la cena algunas de sus graciosas peripecias. El caso es que, cuando el pequeño llegó al suceso del arribo a puerto de Génova y mencionó que el parloteo en italiano de Tristán les había salvado de una muerte segura, Castellanos, lloró de emoción.

Como al principio nadie hubo de entender esa reacción, ese buen hombre pasó a explicar que siempre habría de estar en deuda con su buen amigo, pues de no ser por la cama y el sustento que el propio Tristán partió con él en aquellos años de escuela, le hubiese sido imposible prosperar más adelante hacia la figura honorable que ahora representaba.

Una nueva casualidad fortuita había querido que el actual catedrático de la Facultad de Medicina maña resultara ser aquel compadre al que el tío de Tristán había dado alojo en su hospedería a cambio de que ayudase al zoquete de su sobrino con las lecciones de latín y la lengua románica.

A ese azar debía uno su carrera y el otro la vida.

Mientras ensordecían mi cabeza atronadoras voces
de venganza, a Nicolás le barruntaban las suyas, que le
apresuraban a reunirse conmigo en la capital del reino, donde
habíamos acordado encontrarnos después de poner a salvo a
Margarita. Y la razón estaba más que justificada, pues ambos
sabíamos que tal era el poder de Ribera que su caza requería
de la alianza de varias espadas.

CAPÍTULO XXIV
ACTOS DE COMPROMISO

Era evidente que el sentimiento de hermandad había calado muy hondo entre nosotros y, en el caso de Nicolás, creo que superaba al compromiso y se acercaba más al de un padre protector. No en vano, mi compadre arrastraba el martirio de la muerte de su hijo en la primera batalla de Brisach[34] y, en cierto modo, pienso que algo le decía que los cuidados hacia Melchor y mi familia mitigarían en parte el sentimiento de culpa por esa nefasta pérdida.

A veces los hijos, erróneamente, anhelan parecerse a la figura de sus padres y, aunque no era exactamente el caso, quedaba claro que la presencia de Nicolás en los tercios había influido en la figura de su hijo Daniel, un prometedor seminarista de diecisiete años que había abandonado la segura

---

34. La ciudad de Brisach tenía un papel estratégico fundamental. Su liberación el 16 de octubre de 1633 por las fuerzas del duque de Feria mantuvo libre el Camino Español entre el Milanesado, Alemania y los Países Bajos.

religiosidad conventual para predicar la palabra entre las filas, algo que Nicolás jamás se había perdonado.

—Dios es mi juez. —Con ese conjunto de palabras entraba siempre al combate apuntando, de este modo, al significado del nombre hebreo (Dan-i-El) de su vástago y su recuerdo.

Tras demorar un par de jornadas, Nicolás se despidió emotivamente de Melchor, Constanza y la familia de Castellanos para tomar presto la dirección hacia Madrid.

El galeno se había comprometido a que, hasta nuestro regreso, antepondría su vida para defender a los que allí quedaban a su cargo. De esa forma, Nicolás quedaba libre para poder centrarse en ayudar a Tristán.

Melchor, que no quería que le tachasen de cobarde, por supuesto que no quedó conforme con esa decisión y, en pos de reclamar su derecho a combatir, protestó airadamente. Pero, luego, la excusa de dejar un infante del tercio a cargo de la protección de la familia terminó de convencerle y no rechistó más.

Todos contentos, Nicolás emprendió el viaje de vuelta a lomos de un caballo de capa mulata y pelo rojizo que el ilustre médico le había cedido para el viaje. A esas alturas y calculando el tiempo que habría empleado Tristán en liberar a Margarita y su traslado, confiaba en poder llegar casi al unísono con él y encontrarle en la hacienda de su tío de Alcalá de Henares.

La señora Inés siempre llevaba encima un pequeño botecito de agua bendita. Cuando me ofreció la bendición, creyó arrojarla sobre un resucitado del tercio.

CAPÍTULO XXV
JUEVES SANTO.
A UN PASO DEL HOGAR

Desde que recuperé a Margarita, había sido muy reconfortante rescatar el recuerdo fresco de mi dueña y señora, pues era tal el parecido entre ambas que, en cualquier gesto de mi hija, encontraba a su madre.

Alcalá de Henares fue la última parada que realizamos antes de cubrir la distancia final, y allí las noticias que sobre Constanza trajo Nicolás fueron tan radiantes como las caricias del sol estival de mediodía.

Animados por estas nuevas, continuamos la marcha hasta llegar a Madrid y pasar por encima de un puente de Segovia, construido sobre sólidos sillares de piedra y granito.

A nuestro paso, encontramos a las lavanderas que a ambos márgenes del río Manzanares se afanan en sus tareas. Algunos de los hijos que las acompañan (los más pequeños) y que permanecían jugando cerca de ellas nos saludaron. Los otros, viendo el estandarte del tercio que enarbolábamos, salieron a la carrera para acompañarnos alegremente durante un buen trecho.

Al abordar las proximidades de la ermita de San Isidro[35], donde fue canonizado el santo, ya casi pude distinguir el aroma familiar del perfume de gotas de limón que, con las flores de azahar, se elaboraba artesanalmente en casa.

Al acercarme más, creí reconocer los ademanes de mi esposa, quien, precisamente, parecía estar regando el pequeño árbol limonero que plantamos el día de nuestro casamiento en el humilde huerto de nuestra hacienda.

Iluso de mí, pretendía hallarla ataviada con sus mejores galas, cubierta con su preciosa toquilla de encaje de bolillos y aquel vestido de lino y brocados portugueses que tanto le gustaba lucir en las tardes de paseo.

Pero, de nuevo, era un insensato si creía que mi huida no había tenido consecuencias terribles. Cuando me aproximaba, confirmé que su atuendo cumplía con la pragmática de luto y cera y la disfrazaba de algo que antes jamás había visto.

—¡Suéltela, maldito! —gritaba la anciana mientras me golpeaba a puñadas—. ¡Suelte a mi niña, que nada malo ha hecho! ¡Ayudadme, vecinos, que en el convento estaba mi Margarita y estos bribones me la quieren llevar!

Apenas nos quedaban dos cuadras de distancia hasta la casa cuando la señora Inés nos divisó. Otros serían los achaques propios de su avanzada edad, pero entre ellos no se hallaba el de la mala vista, que la tenía fina como un lince.

La que fuera aya de mis hijas durante toda su infancia y que después permaneció viviendo con nosotros en la casa era una mujer bonachona bastante entrada en carnes que, en ese preciso instante, volvía de comprar unas rebanadas de pan duro para hacer torrijas de leche y almíbar.

---

35. «Sobre la casa de labor que ocupó la familia se levantaría, ya en el siglo XV, una ermita, aprovechando el manantial y la fuente construidos por el mismo santo, cuyas aguas tienen propiedades curativas, según fue reconocido por Roma en el propio proceso de canonización». DB~e.

Nada más ver que Margarita venía custodiada por dos soldados a caballo, dejó caer la bolsa de mimbre con el género y corrió en ayuda de su niña como alma que lleva el diablo. Allá en el suelo quedó desparramado el pan y la media docena de huevos que había negociado a buen precio con la tendera.

Pronto se organizó un alboroto en torno nuestro que en nada nos convenía, pero, una vez más, la maniobra calculada de Nicolás enfrentando a la muchedumbre fue prodigiosa. Bastó la interposición de su caballo y que el jinete hiciese a un lado su capa descubriendo la empuñadura de su espada para disolver a los que, estaca en mano, se habían acercado a socorrer a la querida anciana.

—¡Calma, doña Inés, que es Tristán el que os habla y traigo de vuelta a su ahijada! Que de todo lo acontecido tras mi partida he tenido conocimiento en Flandes y he regresado, Dios mediante, a resolverlo.

Si nuestra intención era la de pasar desapercibidos, nos habíamos lucido en el intento. Pero visto lo bueno del asunto, pensamos que no habríamos encontrado mejor guardián para Margarita que la señora Inés porque, en cuanto la chiquilla se apeó del caballo, la agarró de las manos con tanta fuerza como lo haría la mordida de un perro de presa, y ya no la soltó.

En virtud de esto, concretamos dejarla a su custodia, ya que, muy a pesar mío, nuestra empresa debía continuar. Margarita llevaba instrucciones para su madre y mi promesa de enmendar todo el mal que las acechaba. Hasta mi vuelta, el testimonio de mi hija y ahora de la señora Inés serían la única prueba de vida sobre mi existencia.

* * * *

Hileras de penitentes recorrían el sinuoso entramado de las calles de Madrid. En jueves Santo, la ciudad estaba tomada por la gente que se preparaba para asistir a la procesión del día siguiente y al resto de las celebraciones litúrgicas programadas hasta el domingo de resurrección.

Entre tanto bullicio y trasiego de transeúntes, continuamos al paso por el margen occidental del río Manzanares hasta alcanzar por el sur la fachada de aquel viejo castillo musulmán que fue residencia de la Corona desde la dinastía de los Trastámara.

Mientras los apurados equinos se refrescaban en el abrevadero situado en la puerta de caballerizas, fuimos informados de que la familia real había abandonado temporalmente el Alcázar para disfrutar de una agradable tarde de naumaquia en el estanque del Buen Retiro.

La flor y nata aristócrata compuesta por falsos navegantes y capitanes de barco se había concentrado junto a los reyes en ese juego para mayores que databa de los primeros tiempos del Imperio romano y que se basaba en la recreación de miniaturas de barcos a escala.

Monterosso nos había contado que, mientras Felipe IV manejaba sus carabelas y galeones en el combate (que, por cierto, eran de tal proximidad a los reales que su construcción hubiese sido la envidia de cualquier astillero), a la reina Isabel no le quedaba más remedio que disimular estoicamente sus desavenencias con sus subordinadas. Tener que soportar la risa esperpéntica de las damas invitadas y su poco diálogo exasperaba tanto a su majestad que, en venganza, hubiese prendido una pira con todos los juguetes de su esposo.

Por tanto, Nicolás y yo sopesamos no presentarnos en ese cotarro y así no llamar la atención de toda la parafernalia de condesas, marquesas y demás tituladas que, a buen seguro, notarían la ausencia de la reina y, luego de contarlo inmediatamente a sus queridos, estos últimos irían con el cuento al rey. Y lo que menos necesitábamos era un rey celoso o al que se le hubiese puesto en entredicho.

Para más inri, nuestra presencia tampoco sería inadvertida para los principales cronistas de la villa que, con la finalidad de inmortalizar el evento, se invitaba a ese tipo de fiestas.

Los lienzos de Velázquez no hacían honor a la belleza
de su majestad Isabel de Borbón, a la que, ataviada con un
vestido de seda blanca y saya noguerada, confundí por un
instante con la mujer con quien tuve el honor de desposarme.
Sin duda, aquel rostro de suaves mejillas sonrosadas que,
bajo un esplendoroso conjunto de collar y pendientes de perlas
parecía bañado en ponche de oro líquido, evocó en mí un sinfín
de felices recuerdos.

CAPÍTULO XXVI

VIERNES SANTO
ANTE LOS PIES DE LA REINA

Acompañados de fray Alonso, párroco de la Iglesia de San Ginés, y buscando la discreción, vestidos de frailes, nos presentamos al día siguiente en la recién ampliada residencia del Palacio del Buen Retiro. Antes de despedirnos, Belén Monterosso nos había indicado que buscásemos alojamiento en esa parroquia, pues el padre Andrés era un buen fiador de secretos y habitual ejecutor de misiones reservadas, y así lo hicimos. Allí nuestros caballos fueron provistos de buen heno y nuestras mercedes bien tratadas.

El citado sacerdote tenía la ventaja de ser confesor de la reina y por ello no necesitaba recepción previa para visitar a su majestad. Acordamos, pues, dejar nuestros alazanes en el pequeño establo que albergaba el patio de la iglesia y salir montados sobre un par de testarudas mulas hacia palacio.

Me preocupaba dejar sola a la rebelde de Torda que cabeceaba furiosa para librarse del bocado, a semejanza de un galeote que intenta zafarse de las cadenas que le atenazan sobre el remo de la galera. Pero había que comprender que la yegua llevaba mucho trote desde nuestra salida de Flandes y tenía derecho a quejarse alguna vez. Afortunadamente, después de retirarle la brida y el resto de los incordios de la cabecera, explicarle cuánto la quería y, de paso, darle una ración extra de heno, quedó tranquila.

* * * * *

El padre Andrés desapareció por unos instantes y Nicolás y yo quedamos en el famoso salón de Reinos, donde quedaban representados los escudos de los veinticuatro que formaban la Monarquía Hispánica. En esa estancia engalanada para impresionar a las visitas extranjeras con mesas de jaspe, leones de plata y lienzos de batallas, íbamos a ser recibidos por su majestad como verdaderos embajadores.

El sayal marrón atado a la cintura con un cordón de tres nudos, acorde a la regla de la pobreza, la castidad y la obediencia, nos identificaba como religiosos de los hermanos capuchinos.

Pero hasta al mejor compromisario de los franciscanos le puede vencer la necesidad mundana de aliviar sus necesidades en el momento más inoportuno. Y eso es lo que me pasó en la dilatada espera, pues unas ganas terribles de evacuar se despertaron y creí defecarme sobre las alpargatas que habían sustituido a las botas de infante.

Así permanecí entre retortijones hasta la entrada de la reina. De las ventosidades que no pude sostener en mis adentros fueron testigos mi compadre, la Familia Real de Velázquez, los trabajos de Hércules de Zurbarán y resto de personajes de las representaciones artísticas.

Tras arrodillarnos ante nuestra soberana, descubrimos las capuchas del hábito, dejando al descubierto nuestros rostros (el mío sumamente ruborizado). A Dios gracias que la llegada de su majestad me cortó de inmediato las ganas de ir al excusado, quizás porque ya me lo había hecho encima.

—Levantaos, soldado —dijo la reina Isabel, dirigiéndose a mí—. He revisado concienzudamente los documentos que traéis de las provincias flamencas y que requerían ser entregadas de forma personalísima. Pero antes de daros contestación, presentaos adecuadamente, mi buen señor.

A mi lado, Nicolás me miró de reojo, seguramente temeroso de que arrancara con uno de mis arriesgados discursos de apertura.

Monterosso me había definido a Isabel de Borbón como una dama cultivada que había demostrado ser valiente para alzar la voz y cuestionar la administración y la política interior del reino, una particularidad que la había enfrentado con el valido del propio rey y por la cual fue censurada abiertamente. De hecho, sobre la hija de Francia y ahora madre de España, el Conde de Olivares se atrevió a decir en presencia del propio Felipe IV que su función era simplemente la de parir y no la de asesorar en asuntos de estado a su esposo.

Pero, al criterio de Belén, los entresijos de Palacio rebasaban el entendimiento de muchos hombres, por muy influyentes que fueran. Solo la paciencia y las habilidades de las mujeres de la Corte podían cubrir lo que excedía de lo gubernamental. En vista de ello, yo esperanzaba que el testimonio de Belén fuera suficiente para la concesión de la gracia de su majestad sobre mi empresa. —Tristán de Samaniego me llamo, mi reina, infante del glorioso tercio de la Barrameda, al mando del maestre Olmedo de Almagro. Fiel servidor de su incondicional dama de compañía, Belén de Monterosso. Me acompaña en mi viaje el presente que su majestad hizo llegar a mi señora al puerto de Génova y que ahora, bajo el nombre de Torda, se ha transformado en alazán de guerra. A mi lado, mi fiel camarada y veterano de Brisach, el cabo

Nicolás de la Pena Aranguren, que sacrificó a su hijo en la batalla. Todos al servicio de su grandísima majestad a la que ahora imploramos su socorro.

* * * * *

A nuestro regreso a la parroquia, necesitaba evadirme un rato de la compañía de los hombres. Mientras Nicolás aprovechaba para platicar con el padre Jacinto en la cocina sobre el menú de vigilia, yo me ausenté al patio de caballerizas pensando que allí estaría a solas con las cabalgaduras. Sin embargo, cuando llegué al establo, encontré al mocillo que hacía las veces de monaguillo todavía afanado con los difíciles enredos de la crinera de Arauco. Entonces sentí una lástima indescriptible por mi pequeño Melchor.

Aun hallándome sumamente entristecido, preferí decirle al muchacho que no se fuera. Lejos de hacerle partícipe de mis miserias, me puse manos a la obra para ayudarle a terminar de desenredar los últimos ovillos del compañero de Torda.

Después de terminar la faena, fuimos juntos hasta la mesa, donde ya nos esperaban el conjunto de los demás religiosos cuchara en mano. Para respetar la vigilia, se había sustituido el tocino y el chorizo por tajadas de conejo, pero no por ello íbamos a dejar de meter mano a la sabrosa cazuela de alubias y migas tradicionales que había preparado fray Jacinto. Mientras se rezaba al unísono una oración de bendición a Dios, el hermano mayor partió con sus manos una hermosa hogaza de pan que repartió a partes iguales entre los comensales.

Fue el monaguillo Guzmán el encargado de distribuir el vino que, aunque aguado, regodeó los gaznates de todos los presentes.

Maldito de mí, que atribuí el cansancio de Belén a las incomodidades del viaje en carreta desde el campamento y no a su verdadera causa. Sin saberlo, yo había sido el mensajero de una declaración privada en sobre lacrado donde mi señora anunciaba a la reina que había contraído la enfermedad de las bubas y pústulas, el mismo mal que azotaba al tercio.

Mi excelsa Belén quiso de esta forma despreocuparnos y despedirse con elegancia, como así lo hacen las reinas sin trono.

Tus prácticas parecen escapar al control de los jurados, clérigos y de la mismísima reina Isabel. Pero, Ribera, no desesperes mucho más porque voy en tu busca para besar tus pies.

CAPÍTULO XXVII
BUSCANDO UNA SATISFACCIÓN

En la noche del viernes Santo, los rostros de las damas lucían limpios, despojados de adobos y embelecos. La lúgubre solemnidad del color negro vestía desde velos y mantillas hasta los lazos de los zapatos de sus acompañantes masculinos. En la procesión del silencio, muchos hombres y mujeres habrían de admitir sus pecados, pero lo hacían para sí mismos, respetando el dolor de la Virgen María por la muerte de su hijo.

* * * * *

Necesitaba remendar de nuevo las medias de algodón que formaban el colchón que calentaba mis pies y pantorrillas, pues de estas ya se asomaba indiscretamente alguno de mis dedos. Mis botas no tenían mejor aspecto. Andaba con ellas deslustradas y con parches que tapaban los agujeros de la suela. Pero, al menos, los holgados gregüescos al final de mis pantalones ajustaban bien con el jubón acolchado que abrigaba y hacía las veces de armadura contra las blancas.

Bien proporcionados para lo que es menester, partimos hacia el barrio del gremio de los curtidores para alcanzar una taberna frecuentada por tanadores de cuero y ropavejeros. Esta parecía un antro más de aquellos que formaba parte del entramado de tugurios de la calle de las Tenerías, mas no todos eran dotados con la misma gracia.

Abordamos la entrada de uno de tantos y pronto captamos la atención del mesonero, pues no nos reconoció como hijos naturales de su establecimiento.

Nosotros habíamos aprendido las lecciones del húmedo invierno de Flandes, así que, a partir del buen paño del hábito de fraile, habíamos confeccionado un práctico gabán que desentonaba entre los herreruelos de origen gascón y las capas castellanas de los embriagados villanos y letrados reunidos en esa sucia casilla de pastores. Así que pronto también captamos la atención de los demás.

Descubrimos hacia la espalda nuestro manto, revelando el ancho tahalí de cuero que sostenía nuestras armas. En el lado izquierdo, se mostraba, presta para su desenvaine, la espada ropera del tercio. Al lado contrario, la daga de misericordia esperaba su turno y, entre medias de ambas, un pistolete bien cebado de pólvora y plomo aguardaba como el as que oculta un jugador de cartas en la manga.

La mujer del mesonero, que vio peligrar su negocio por dos desconocidos, se había acercado a nosotros de forma acelerada para recoger nuestras capas, pero diligentemente rehusamos su ofrecimiento. Mientras esto sucedía, los que se encontraban de pie se habían echado a un lado formando un pasillo improvisado, y los de las mesas habían hecho lo propio tras levantar sus traseros de sus sillas de paja. En tanto, un silencio sepulcral había acallado el bullicio de una covacha que funcionaba a golpe de castañuelas de cíngaras y dineros de rufianes.

110

Por fin, tenía delante de mí a quien había venido a buscar desde los confines del mundo conocido. Y de repente, mientras mi mano principal descansaba sobre la empuñadura de mi acero, el todo adquirió significancia. Nicolás, echando mano del formidable pedreñal catalán de cañón largo, cubría mi retaguardia.

—¡Quieto, hermano! —me advirtió mi compadre.

Nicolás intentó frenar mi arremetida, pues se había percatado de que la escena era una farsa y de que nos iban a trampear. Pero ya estaba hecho. Acababa de cruzar el guante por dos veces sobre el rostro de ese asesino quien, con una falsa mueca gentil, lo había recogido aceptando el desafío.

*Apártese vuesa merced de las estocadas anunciadas de
sus enemigos, más cuide bien de ceñirse el jubón y guardarse la
tripa baja de las mojadas maliciosas de los que considera sus
leales, que algunas le arrojarán seguro, como nos ha pasado a
todo hijo de vecino.*

CAPÍTULO XXVIII
UN GIRO INESPERADO

Pero ¿qué hacía el desalmado de Beltrán escoltando a Ribera?

Si bien era de nuestro conocimiento que fue destituido después de la costosa sofocación de las revueltas protestantes en las que el tercio había perdido numerosos efectivos a orillas de las lagunas fluviales del río Mosa (donde yo mismo caí herido), no le hacíamos al capitán de regreso a España. Es más, circulaba un rumor que situaba al militar en algún lugar de la Italia española, donde habría buscado refugio después de la pérdida de confianza del maese. Ni siquiera los espías de la reina Isabel debían de ser partícipes de su regreso, pues a buen seguro se me hubiese advertido de ello.

* * * * *

La entrevista con su majestad en palacio había sido fructífera, salvo el asunto más espinoso que reservamos para el final. Tras revisar mis documentos, la reina requirió la inmediata presencia del secretario de actas para redactar una serie de instrucciones: las principales iban dirigidas a los administradores de la Hacienda Pública y el Registro de la Propiedad. En ellas se daba fe de que yo no era difunto, y se ordenaba que se enmendara ese apunte del Registro de Extintos. De modo que mi condición de vivo quedó restaurada y por ende paralizada la subasta de la imprenta real, que mi esposa, víctima de las dificultades económicas, se había obligado a abordar.

Luego, para ayudar al renacimiento del negocio, su majestad ordenó que se leyese un bando en la Plaza Mayor a fin de que los clientes y proveedores reanudasen las actividades con la imprenta.

Así mismo, el montante correspondiente a los retrasos de la paga militar habría de restaurarse inmediatamente.

En cuanto a Beltrán, fue acusado de falsear un documento público y atentar contra los intereses de la Corona. Declarado en rebeldía, se solicitó a la Corregiduría una orden de apresamiento.

Solo quedaba por resolver la cuestión que quería de más atención, y esa no era otra que el asunto escabroso protagonizado por Ribera y Constanza. A decir verdad, para exculpar formalmente a mi hija habría de dirimirse un juicio ante un tribunal ordinario, pero, sin testigos favorables y con los testimonios falsos que Ribera comprara, sería muy difícil probar su inocencia.

La reina no podía posicionarse unilateralmente a favor de una de las partes sin exponerse a un escándalo. Pero comprendiendo que esa situación no le permitía a Constanza salir de su clandestinidad, se me propuso buscar una satisfacción. Una vez Ribera hubiese sido quitado de en medio (un personaje que su majestad detestaba), una causa sin acusadores quedaría sin efecto.

La cesión de la propiedad de Torda y, por supuesto, la adopción de Melchor también fueron brevemente discutidas; siendo ambas peticiones deseos de la moribunda Monterosso, ambos extremos no contrariaron a la soberana. Los documen-

114

tos de cesión de la yegua real y el expediente de adopción del pequeño infante fueron firmados ipso facto, y las copias remitidas por el secretario a los registros correspondientes.

Ergo este fue el resumen de lo acordado, amén de otras cuestiones menores que no vienen al caso.

* * * *

En el llamado Siglo del Cuerno, las satisfacciones se hallaban a la orden del día. Popularmente se decía que eran tantos los *alguaciles alguacilados* que el hecho de que un frecuentador de camas como Ribera hubiese sido retado no era nada anormal.

Lo que mi compadre y yo no tuvimos en cuenta fue que esa clase de canallas no acostumbran a ensuciarse las manos, como tampoco ponen en riesgo su pellejo. Por el contrario, contratan a viejos soldados y retadores de espada a cambio de unos pocos dineros o del canje de sus deudas.

Pero Beltrán no era una de esas arruinadas figuras. Aun colmado de vino, era todo un capitán de infantería versado en el arte de la refriega. Cuando Ribera percibió mi cara de asombro, soltó tales carcajadas que nos regaló sobre las ropas parte de sus adentros.

Al salir de la taberna, acusé un dolor tan terrible en las pantorrillas que creí haberme convertido en el malogrado Filípides, aquel soldado griego que feneció tras recorrer la distancia desde Maratón hasta Atenas para anunciar la victoria sobre el ejército persa.

Sin lugar a duda, la rabia había hecho presa en las mollas de mis piernas y necesité la ayuda de Nicolás para alcanzar los estribos de Torda.

Beltrán no había abierto la boca y eso me inquietaba en extremo.

Mi querido Tristán, olvide de tomarse a pecho los lances
entre mujeres. Déjelas a ellas que arrojen sus bulos en los
mentideros y que resuelvan sus disputas desmontándose vestidos
y escotes, que bien servidos son estos últimos cuando procede
usarlos como reclamo para otros menesteres.

CAPÍTULO XXIX

SÁBADO SANTO.
EL DESCABELLADO SERMÓN
DEL PADRE JACINTO

Entrada la medianoche, atravesamos por la parte suroeste de la Plaza Mayor hasta alcanzar el mismo lugar donde mi padre me llevaba a disfrutar de rosquillas y otros mantecados artesanales los domingos. Continuando hacia la cava de San Miguel, alargamos intencionadamente el camino de vuelta hacia nuestro alojamiento.

El puchero de fray Jacinto ya estaba vacío; aun así, el buen clérigo tuvo la deferencia de guardarnos dos generosas cuñas de queso, media hogaza de pan y, por supuesto, una frasca de vino. Pero yo apenas probé bocado.

Poco después de que Nicolás se retirase a descansar tras la cena, quedé de nuevo al abrigo del fogón de la cocina, mano a mano con el viejo padre Jacinto, para poder platicar sin interrupciones de terceros de asuntos y propósitos que a ambos se nos antojaban poco halagüeños.

Una vez más, el mar de coincidencias por el que navegaba me había reunido con este religioso que antaño había oficiado mi boda y, en el presente, había cambiado la estola sacerdotal por el más gratificante delantal de cocinero.

—Conociendo a vuesa merced desde niño, me apena hallarle hogaño en la ronda de tabernas repartiendo plata a mercachifles y rufianes de poca monta. Me pregunto qué quedó de aquel joven archivero que, recogido en su aposento, despachaba ciencias y letras a la luz de un candil de aceite prensado. Quisiera saber yo cuál fue el terrible mal que la vida del tercio de su majestad le hizo, para encontrarle a su regreso a España visitando más casas de arrepentidos de mal vivir y cosechadores de culpas que cuentas llevo en el rosario.

»Ande, hermano mío, calme su sed de venganza con otro cuartillo de vino fresco y acompañemos este caldo con otro rico trozo de queso de ese traído de Porquerizas[36]. Que las buenas viandas bien asientan la panza al mismo tiempo que aplacan el espíritu atarantado, que no para ni sosiega.

»Este pastor de descarriados ha de revelarle que en secreto de confesión he escuchado a cientos de pecadores (ilustres y bellacos), todos ellos cornudos y apaleados, sin distinción de casta y por igual sinrazón. Trate pues, amigo mío, esta confidencia como la llegada a sus oídos de una buena nueva. ¡Que la desgracia es mejor llevada cuando a muchos afecta!

»Escuche bien lo que le digo, que son malos tiempos los de cobrar rencillas y resarcimientos de cuentas en duelos y desafíos. Métase en su cabeza que, si los maridos son agraviados, también lo pueden haber sido primero questos malnacidos que se jactan de haber puesto la cornamenta

---

36. Se refiere en la actualidad a la localidad de Miraflores de la Sierra (antes Porquerizas de la Sierra), en la Comunidad de Madrid. Fundada en el siglo XIII por ganaderos segovianos, le pusieron el nombre debido a que allí se guardaban numerosos puercos y jabalíes. Parece ser que un día, al pasar por el lugar, la reina Isabel de Borbón (esposa de Felipe IV) exclamó: «¡Mira, flores!» y de ahí el posterior cambio.

al prójimo. Y preste atención a los sonetos anónimos que versan sobre la abundancia de fardos inertes en las calles, donde muchos ultrajados y despechados han sido despachados a golpe de intercambio de acero o pistoletazo.

»¡Por Dios que no ha de sentir vuesa merced mayor aflicción! Pues, de igual manera, pueden ser doncellas las putas que muy putas las doncellas cuando la dicha les favorece, sin que a cambio medie remuneración alguna.

»Además, las gentes perecen prematuramente por doquier y la presencia de cuerpos tiesos de bellacos indeseables, abiertos en canal y desangrados, arrojados como despojos de mercadería fresca para alimento de los felinos callejeros, son poco o nada convenientes para agasajar a viajeros y caminantes.

»Legitimará entonces, amigo mío, las acciones de nuestro bien amado monarca a través de sus corregidores y alguaciles, que no hacen sino defender la condición sine qua non de la Monarquía Hispánica, procurando no desengalanar los territorios del imperio dominante en el mundo.

»¡Así sea pues el Rey poco condescendiente con las chanzas y fanfarrias de sus súbditos!

»Rezo al Altísimo para que con su gracia abrace la prudencia, mi buen Tristán. Y, en consecuencia, le ruego que guarde su espada para necesidades más dignas e imperiosas. Deje los arrestos a los zoquetes y a los insensatos, que bajo esa condición alcanzará vida más pura y longeva.

»Hágame caso, señor mío, y, si no estima en buena valía la palabra de un clérigo, interésese por el refranero del pueblo, que de cornudo y asombrado pocos han escapado, y el sabio consejo del acervo popular tan acertado es como todo lo recogido en los testimoniales de confesión.

»¡Juro a Dios, y ya vuelvo a blasfemar, que mujeres que rebajan su condición como la puta madre que las parió, las hay y siempre las habrá a montones!

Si quisiese vuesa merced aspirar al seminario en vez de
terciar de espadachín, vería que eso de saldar cuentas de honras
solo es cosa de botarates.

CAPÍTULO XXX
LA RESPUESTA DE TRISTÁN

Yo sonreía, habida cuenta de que aquel viejo fraile que me había dado la comunión cuando todavía era un pequeño de hombros enjutos y costuras mantecosas, estaba muy perdido con el asunto de *meter la blanca en caliente*[37], y de ahí su descaminada admonición.

—Mi señor clérigo, he de confesarle que ya no soy el muchacho inocente, de cuerpo quebradizo y frágil salud que vuesa merced recuerda de cuando mi madre me aseaba en el lavadero del río.

»Aquella mano, como bien dice, que antaño solo dirigía una ligera pluma de ave entre legajos y tinteros de peltre, empuña hogaño una pesada hoja de acero que debe ser gobernada con algo más que con la débil imposición de penitencia de oraciones.

»Padre mío, también ha de saber que este asunto que tratamos es mucho más grave que un baladí encuentro de cuernos, pues afecta a la respetabilidad de la honesta mujer con la que me desposé, a la integridad y la honra de nuestra descendencia y a la dignidad de un marido y padre que

---

37. En el texto tiene dos connotaciones: a) fornicar y b) en el combate, hundir la espada (arma blanca) en el cuerpo del adversario.

persigue el castigo de unos villanos y tiranos. Yo le descubriré, pues, mis verdaderos pecados...

»Como bien sabe, mi esposa me bendijo con el alumbramiento de sendas hijas hacendosas, amantes de las artes, la lectura y la vida contemplativa, cualidades heredadas de su madre. Más el efímero paso de los años y la entrega cada vez más cercana de mis dos queridos retoños a cualquier lobo canalla disfrazado de piel de cordero me enajenó el entendimiento. Cobarde de mí, abandoné mis quehaceres y obligaciones familiares enrolándome como piquero en las tropas de su excelencia D. Olmedo de Almagro, que se dirigían hacia el inhóspito Flandes al socorro de los atrapados tercios españoles a orillas del río Mosa.

»Entonces, arribé con la milicia a la contienda contra los defensores de un antiguo asentamiento romano, que en su pasado más remoto fue morada del pueblo celta. Allí, con el cuerpo compungido de dolor y el tormento de un miembro malogrado, continué en la refriega blasfemando en castellano, propinando coces con mis galochas y cabezazos con mi morrión. Sumándome como un ariete a la embestida de mis cofrades de armas, como así es menester que lo hagan los obedientes hermanos de los tercios del Rey.

»Privado en adelante de poder continuar despachando picazos y mandobles a diestro y siniestro, me encomendaron a los cuidados de unas religiosas en Lieja que negaban la oración de María y los santos, y con las que acomodé calenturas en lecho y camastro, a sabiendas de que la doctrina luterana negaba para ellas la existencia del purgatorio.

»Ya ve, Padre, en mi infame huida me declaré en rebeldía, perdiéndome como hombre, padre y esposo. Aconteció, a la sazón, navegar por un mar de descrédito, como marinero en barco sin cabos ni maromas.

»Tiempo después que no preciso en calcular, a duras penas recuperada la diestra y recompuesto de unas extrañas fiebres que me dejaron flaco como galgo seco, recibí noticias de las desgracias de mi parentela y, aterrorizado, abandoné la abadía con una nueva misión.

»Uniéndome a la reata[38] de infantes que, bajo la protección de nuestra señora y patrona la Virgen de la Inmaculada Concepción, arrancaba la marcha hacia el Milanesado[39], atravesé de nuevo la ruta segura del Corredor Sardo[40] y, luego del puerto de Génova, retorné a nuestro país.

»Mas, a mi regreso, una imagen irritante de mi bien amada España me esperaba, pues cruzábase el tercio con las gentes y vecinos para los que invisible mostrábase su presencia, igual que a los ojos albos de ciego le son ocultas las pulgas de sus lazarillos.

»Y así nos tildaron de mataperros, a los que por mandato del rey permanecimos desafiantes a yelmo y pechada frente a la boca de los falcones de bronce del enemigo y al alcance de sus plomos de cañón. Así también tacharon de mugrosos a los licenciados del servicio sin favor de dádiva o soldada, y que antaño fueron aquellos héroes impávidos que delante de la nariguera del morro del toro esperaban esquivar los derrotes de la bestia en la batalla.

»Me ruega mi buen pastor recomponerme de los denuestos de mis vecinos, de tantos desgraciados hijos de Ribera, quienes, con sus tentáculos, no reparan en oprobios y solo han aprendido a desnudar bolsas de caudales. Cómo, entonces, perdonar a los que silban joyeles y preseas de las cintas de unos guardainfantes que no solo embarazos

---

38. Fila de caballerías unidas entre sí por cuerdas, que las obligan a caminar una tras otra. Biblioteca Virtual Miguel de Cervantes.

39. Ducado de Milán.

40. También denominado Camino de los Españoles o Camino de los Tercios Españoles, fue una ruta terrestre creada en el reinado de Felipe II para conseguir llevar dinero y tropas españolas a los territorios de Flandes.

indiscretos esconden… A fe que sería más sencillo acogerme en su parroquia como acólito en las funciones religiosas que disciplinarme hogaño en lo que me solicita.

»No, padre mío, no sufra. Del mismo modo que le confieso que sí he participado en las deshonestas alianzas y entuertos de la guerra, si ahora me ha hallado frecuentando los antros y bodegas es por motivo de mi empresa.

»Pero sus buenas amonestaciones con gusto le aceto a fin de vedar que escapen por mi garguero los reservados de Estado que, en mis entrevistas con rameras de apretados cuartos traseros y gente de baja ralea, se revelaron a mi conocimiento.

»¡Ay, mi buen clérigo! Me habla del disgusto que aflige a nuestro soberano, pues el tufo de los cadáveres de pretendientes y cabrones abandonados a su suerte parece ser que ha empezado a contaminar el aroma de los lirios de los jardines del Palacio del Buen Retiro.

»Y digo yo, a todo esto, ¿qué hay de los ataviados con harapos y capas de difuntos que han regresado sin ningún emolumento en la bolsa, salvo las almas de los fenecidos, arrebatadas por su mano y lanza? ¿A quién inquietan las columnas de lastimados de guerra que mendigan y obtienen limosna de la mano de la caridad y la beneficencia para mantener los entremeses templados?

»Y yo mismo le respondo: esta es la suerte que espera a los que vuelven a tiempo de cosechar las tierras de labranzas de España, como así es menester que lo hagan los servidores del rey.

»Sinceramente, mi buen padre, poco o nada han de preocuparme las aflicciones del monarca, pues bien ha quedado claro que la suerte de hazañas de nuestro amado Felipe es nuestra desdicha. Una madrina de una suerte de epopeyas que siembran ignominiosamente nuestra comarca de la Mancha con un sinfín de fementidos molinos que, para infortunio de los buches vacíos de nuestras buenas gentes, son yermos de trigo y harina como campos sin aguada.

»Al final, tanto para el animal libre como para el cautivo, todo tiene una significancia, y más cuando la canicie aparece ya como aditamento sobre el vello bermejo de mi desafeitado rostro, una huella burlesca de que el tiempo transcurre velozmente hacia los pasos de la vejez.

»Hogaño, es doble menester restaurar el camino a mis raíces y suplicar el anhelado perdón de mi parentela.

»Alcanzaré con ánimo templado mi pasada morada, al igual que discurre sereno, corriente abajo por aguas de arroyo manso, el tronco caído de la copa del cedro.

»Acariciaré la aldaba y golpearé el bronce con tiento sobre la tronada puerta de palo y leño que guarda el umbral de la casa y, postrado de rodillas en el piso, esperaré el permiso de entrada, pues nadie es digno de irrumpir en hogar abandonado.

»Rendiré ante mi señora María mi hoja de acero para que sea la delicada mano de un verdugo de ojos avellana y fermosos cabellos terciados a la valona la que administre sentencia de absolución o muerte sobre mi persona.

»De este porte, si Dios quiere, culminaré mi misión y ausencia.

»Pero no palidezca antes de tiempo, mi buen amigo, que primero de ejecutar esta enmienda he de encargarme de despachar mañana asuntos que reclaman mi atención con un deshonroso capitán del tercio, pues no es santo de mi devoción ser anticipadamente ajusticiado por necio o por deudo de maula.

»Si, tras esta confesión, su ordenación como jesuita no acaba con la recitación de credos, padres nuestros y avemarías, me temo entonces que, en expiación a mis pecados, le reclamaré que el látigo actúe sobre mi espalda.

Acto seguido, llevé la espada recta hacia mi rostro, besé su hoja y después la desplacé de lado, en un acto de cortesía entre caballeros.

CAPÍTULO XXXI
DOMINGO DE RESURRECCIÓN. EL DUELO

Mi adversario recogía pacientemente en un moño su larga cabellera castaña. Sus poblados bigotes acompañaban un rostro atezado, curtido por el piadoso sol de Castilla y por la sal indomable de otros territorios bañados por un mar extranjero.

La escena retrataba a unos oponentes que se desprendían de todo vestuario que no fuera el sayo, los pantalones y las botas. Siguiendo las reglas de enfrentamiento, los contendientes alzaron los brazos en cruz para facilitar que los padrinos revisasen que no se portaran armas ocultas.

Entre las sombras, Ribera observaba despreocupadamente la escena. Tomaba unos higos secos y se deleitaba con el vino servido en una copa de plata, tal como lo haría un César en el antiguo Coliseo de Roma presidiendo una lucha de gladiadores.

Paradójicamente, siglos después del primer domingo de Pascua, mientras se conmemoraba que Jesucristo había resucitado después de crucificado por la salvación del hombre, las disputas de sus hijos continuaban resolviéndose con sangre. A punto de empezar el choque y ya cara a cara, soltamos los guanteletes que protegen nuestras extremidades,

127

pues en este enfrentamiento las manos desnudas serían las encargadas de guiar al acero.

Con la guardia alta comenzaron los envites y el intercambio de estocadas. El capitán era un gran maese de la esgrima española y, de esa consecuencia, mi cuerpo había empezado a recibir las llegadas de su metal afilado.

Ambas roperas eran igual de letales, pero mi hoja parecía no tener la misma extensión que su hermana que, como el aguijón de una avispa, picaba una y otra vez sobre mi piel.

Me servía de movimientos circulares para intentar tomar el hierro de mi rival, pero parecía como si Beltrán supiese de antemano todos mis pasos. Tal como me había enseñado Nicolás, realizaba esquivas jugando con el desplazamiento del cuerpo, pero las tocadas seguían entrando como flechas.

No me gustaba el cariz que había tomado la contienda, pero no desesperaba. Mientras, Ribera había pasado de los higos a las uvas y con atrevimiento escupía los pipos de los frutos que degustaba sobre nuestros pies en un gesto propio de su baja ralea.

Solo habían transcurrido los primeros lances del combate, pero mi maltrecho antebrazo ya se resentía a consecuencia de las largas jornadas en las que había sujetado sin rechistar las riendas de Torda. La cataplasma que el padre Justino me había puesto la noche anterior no había logrado esa tortura y el sagaz capitán se percató de mi flaqueza. En virtud de ello, en una de sus excelentes ejecuciones ganó mi espada. En el suelo baldío, el derrotado acero había quedado descansando a mis pies como lo haría un perro al regazo de los de su dueño. ¡Estaba vendido!

Beltrán aprovechó entonces para golpearme con la pesada empuñadura de bronce de su espada que, como un ariete, quebró mi costado izquierdo. Desarmado, la pinchada sobre mi muslo derecho no encontró freno alguno. El estoque de cuatro dedos de largo que recibí me hizo perder finalmente el equilibrio y caí de rodillas al piso. En esa posición tan vulnerable solo me faltaba recibir la puntilla, al igual que un toro de lidia estoqueado.

Nicolás, corriendo en mi auxilio pistolete en mano, se interpuso para protegerme. De repente todo se volvió gris. Ribera también sacó un arma. Parecía que la contienda se había extendido e iba a acabar en segundos. Ambos padrinos quedaron expectantes, apuntándose el uno al otro. Mientras Nicolás imploraba a Beltrán que me dejara, yo me afanaba por apartar el cañón de su arma a un lado.

El dolor me consumía, pero todavía tuve fuerzas para enfadarme, y mucho. Por su parte, Beltrán había expulsado airadamente a Ribera de vuelta junto a las cabalgaduras, de modo que no pudo escuchar nuestra posterior conversación. Entonces, con la voz entrecortada, me dirigí a mi oponente:

—Mi capitán, antes de desfallecer os ruego que me sea administrado el Santo Sacramento de la extremaunción por el padre que me acompaña.

—Eso no será necesario, mi buen Tristán —respondió Beltrán—. Yo os digo que, aunque enemigos seamos uno del otro, no debemos confundirnos con rufianes. Puesto que no soy un hombre sin alma, en este momento paro el combate y digo que me doy por satisfecho. Mi compromiso con ese vil de mala madre que os quiere mal termina aquí y ahora.

Beltrán había clavado su espada en la arena y ahora se afanaba en hacer jirones su propia camisa para taponar mi herida. Entonces continuó:

—Sabed que hoy he despertado y he de pediros perdón. Ahora comprendo por qué Monterosso estaba enamorada. Yo alcancé su lecho, pero nunca llegué a su corazón porque esa prebenda estaba destinada a hombres como vos.

¿Escuchar esas palabras a esas alturas?, no daba crédito a lo que estaba oyendo.

—Juro ante nuestro compromisario de la Iglesia aquí presente que jamás volveré a prestarme para acabar con la existencia de otro. Mis días de contrato para esos menesteres también han finalizado con esta disputa. Pocos hombres hubiesen aceptado batirse con un diestro espadachín, pero vos, en cambio, no escapó como la mayoría de los retadores ebrios huyendo de sus insolencias con el rabo entre las piernas.

»Por ello, en honor a su valentía, he de comprometerme ante Dios a traer de regreso a su hija Constanza, y más adelante enseñarle cuanto sé del arte de la esgrima para que no pierda batalla alguna en su cruzada por cobrar sus deudas de honor.

Tan solo escuchar el nombre de mi hija me hizo sacar fuerzas de flaqueza.

—¿Constanza, ¿qué sabéis de mi hija? —le pregunté agarrándole de su pechera—. ¡Vamos, hablad, maldito!

—Su paradero no lo conozco, pues así le hice prometer que no me dijese cuál iba a ser su destino —me respondió, cosa que me tranquilizó—. Pero, de su percance con Ribera, soy testigo de su inocencia, pues presencié cómo el padre acuchilló a su hijo cuando se peleaban por forzarla.

»Cuando vuestra hija escapó para salvar su honra por las calles de Alcalá de Henares, me dio tanta lástima que la conduje sana y salva a casa de su tío-abuelo.

Si un hombre es capaz de canjear su vida por la de su empresa, no hay duda de que esta última es digna de consumarse.

CAPÍTULO XXXII
LUNES DE PASCUA. CERRANDO HERIDAS

Cuando recuperé el sentido, me encontré reposando de nuevo en uno de los camastros de paja de San Ginés. Mi herida había sido remendada por un hermano misionero acostumbrado a zurcir los calcetines del resto de la congregación y, por su parte, el padre Justino se afanaba por cambiar el vendaje de mi pierna y cuidar de que no se infectara.

Había pasado una semana escasa de mi enfrentamiento con Beltrán y, aunque los adentros del muslo derecho todavía quemaban, ese mismo día empecé a dar mis primeros pasos con el apoyo de una muleta hecha con dos palos cruzados de madera de fresno.

El rostro de mi hija Constanza había sido el último recuerdo lúcido que conservaba desde que la luz del sol, que esa mañana de abril golpeaba vigorosamente la cima de la Casa de Campo, se hubiese apagado de repente envolviéndome en un sueño muy pesado.

Inmerso en esa confusa sensación, rogué a Nicolás que me pellizcara para determinar si aún continuaba fantaseando entre los brazos de Morfeo.

Por fortuna, todo era real.

En este nuevo lunes de Pascua, los poderosos rayos solares, además de calentar las frías estancias religiosas, ayudaban a animar los cuerpos destemplados de los hermanos frailes que, desde antes del amanecer, oraban en comunidad. Para la época en la que nos encontramos, el astro rey emitía una inusual energía sobre el planeta que todos agradecimos profundamente.

Nicolás me confesó que, mientras yo había estado de nuevo ausente de espíritu, se había encargado de avisar sobre mi estado de salud a mi familia:

—Creí conveniente llevarle noticias a Margarita. Perdóname, Tristán, si he hecho mal por ello —se disculpó mi leal amigo—. Además, también creí oportuno presentarle mis respetos a María, esa paciente esposa que todavía te espera.

—Pero, antes, tengo que... —balbuceé desconcertado.

—Todo está resuelto, mi querido amigo. —Y, a continuación, pasó a ponerme en antecedentes de lo ocurrido en los últimos días.

Atormentado por sus acciones, Beltrán había decidido presentarse ante la reina y aceptar el castigo a sus pecados y desobediencia. Arrepentido de su condición y malogrado por las terribles noticias de su amada Belén, entregó su espada y la banda con la Cruz de la Orden de Calatrava que nunca había merecido. A cambio de evitar su envío a galeras, imploró a la soberana el destierro fuera de la Península y, en su petición de clemencia, juró lealtad a la Corona para guardar las tierras del Nuevo Mundo de piratas y hordas extranjeras. Aseguró a su majestad no guardar ningún rencor a Tristán y buscar en su imagen un futuro honrado.

Algunas malas lenguas dicen que por la salud del malnacido de Ribera pensó más adelante Beltrán, pero eso nunca pudo ser probado. Lo único que se supo es que Ribera desapareció ese domingo de Resurrección «igual que los impíos, que son como paja que se lleva el viento»[41], y nadie lo echó en falta. Su cuerpo inerte fue encontrado en las postrimerías de la Casa de Campo por el perro de aguas de un pastor que olisqueaba en un barranco próximo. De esa suerte, despojado de la plata, la bolsa de los cuartos y ante un disparo de pistoletazo por la espalda, sucumbió el buen comedor de higos de D. Félix de Ribera.

Sabiendo que la destreza de Beltrán le hubiese permitido alcanzar fácilmente un punto vital, elucubré si la herida que me infligió el capitán había formado parte de un plan organizado por mi rival para descartar mi participación en la desaparición de Ribera (estando impedido y privado de sentido por mi convalecencia, nadie podría relacionarme con su muerte). Sea como fuere, no quise indagar más, pues ya se sabe que perro muerto no muerde.

El capitán, luego de ser interrogado por el corregidor, no aportó ningún dato de interés sobre el asunto, salvo declarar que allí (refiriéndose al lugar de la contienda) quedó solo el insatisfecho de Ribera mientras expulsaba sapos y culebras y decenas de metáforas luciferinas por su boca.

Al final de la breve investigación que se llevó a cabo por la Justicia, se dictaminó que, ante la falta de otros indicios, el caso sería sobreseído. Al no haber ningún descendiente, la fortuna de Ribera fue donada a la Iglesia para obras de caridad y beneficencia.

---

41. Salmo 1:4. Sagrada Biblia.

*Me costaba creer que una yegua tan refinada como
Torda acusara de las mismas costumbres de otros animales
más ordinarios como asnos, mulas y canes.*

CAPÍTULO XXXIII

DOMINGO DE PENTECOSTÉS.
UN NUEVO COMIENZO

Ya fuera por el trauma de pasar de caballo de luces a burro de carga o simplemente por la voluntad de rebeldía de una dama caprichosa de cuatro patas, el caso es que, cada dos por tres, su manía de tumbarse sobre el estiércol la hacía aparecer llena de manchas de cuadra. Un comportamiento que solo vi igualado en Flandes por el cochino de Caimán que, por no tener otra cosa que hacer, se pasaba el día buscando charcos en los que rebozarse de barro.

Por lo tanto, cuando esto ocurría, era conveniente limpiarla concienzudamente. Y eso tocaba hoy, realizar un aseo completo al rebelde animal.

Cuando terminé de limar las pezuñas de Torda, pasé al momento que más le gustaba, que era el de rascarla con el cepillo de raíces desde la cabellera hasta la cola. El monaguillo Guzmán prestaba atención a los movimientos circulares que yo describía con la rasqueta y a cómo se debía utilizar la bruza siguiendo la dirección del pelo. Finalmente, llegó el turno de la delicada tarea de limpiar con una esponja húmeda alrededor de los ojos y los ollares, y con esto la yegua quedó lista para vestirla con los arreos y ensillarla.

De esos buenos ratos intencionados que eché en el establo con el bonachón del padre de María cuando aún era un pequeñajo de pelos rojizos, aprendí la habilidad para limpiar caballos y, de paso, aprovecharme, a escondidas, de los sobrantes de papelón dorado que se le caían al suelo cuando trabajaba en su oficio de encuadernador y con los que yo hacía pequeños adornos para el bonito pelo de ella.

El negocio de Sansón iba bien y por ello podía permitirse disponer de dos cabalgaduras en propiedad. Considerado como un artesano que manejaba magistralmente el cuero, favorecía a mi padre realizando pequeños encargos para la imprenta, simplemente porque eran buenos amigos. Su destreza le valió fama de saber trabajar con maestría los motivos heráldicos que fusionaba con la expresión renacentista italiana.

María y yo crecimos felices; de niños jugamos, y de mayores nos amamos. Muy pronto, ambas familias entendieron que nuestra complicidad alcanzaría el matrimonio y por ello no se opusieron a nuestro compromiso, que celebramos una mañana de domingo otoñal en una pequeña ermita cerca del barrial de San Isidro, donde luego consolidaríamos nuestro nuevo hogar.

—Tristán, aprende de esto que te voy a decir. Cada uno de estos caballos que ahora vestimos te puede llevar muy lejos, pero la distancia que recorras con María solo será la que os propongáis caminar juntos. Respeta pues que ella no esté siempre de acuerdo contigo y sed sinceros el uno con el otro. —Ese fue el consejo que el padre de la novia me dio el día anterior al casamiento, cuando ambos engalanábamos las monturas que tirarían de la carreta de boda, que ahora pesaba sobre mi remordimiento como una losa de granito.

* * * * *

El fresco del relente anunciaba la caída de la tarde-noche y San Ginés oficiaba misa a las ocho. Desde un cuarto antes de la hora, ya se agolpaba el público en el rellano de la parroquia para buscar sitio en el interior, y yo me senté en uno de los escalones que daban acceso a la entrada para estirar la pierna y descansarla del dolor que me había producido el pequeño paseo que Nicolás y yo habíamos realizado a lomos de Arauco y Torda.

Entonces, un niño se acercó a mí y echó mano de su bolsita, depositando en el interior de mi sombrero una pequeña limosna. Viéndome recostado a las puertas de la Iglesia, había pensado que era un mendigo.

Me hizo mucha gracia este cándido gesto, pero yo, que me encontraba abstraído en otros pensamientos, no reacioné a tiempo para darle las gracias al muchacho, que perdí de vista cuando se marchó corriendo al amparo de sus padres. De vuelta a mis inquietudes, interrogué a Nicolás:

—Después de haberla llevado a tanto padecimiento, ¿qué habrá quedado de aquella mujer cuya belleza era melodía y luz, su poesía? ¿Cómo recuperar a una esposa que ha sufrido tanta deslealtad? Esa empresa la veo imposible de acometer, mi buen amigo.

—Tendrás que hacerlo desde el presente, mi querido Tristán. Y sopesando que las guerras no cesan de un día para otro, habrás de considerar la posibilidad de que María no te admita de nuevo como esposo.

»Pero no desesperes, amigo mío. La vida es como la vívida paleta de un pintor, con llamativos tonos luminosos y otros tantos grises.

Las juiciosas palabras procedentes de un hombre sincero que, como yo, un día fue padre y esposo, resonaron en mi alma al compás del repicar del conjunto de campanas que anunciaban a los rezagados la segunda llamada al servicio religioso.

Una vez más, el camino que de nuevo habría de recorrer con María solo sería el que ambos nos propusiéramos caminar juntos.

Pero esa es otra historia…

𝕱𝕴𝕹

ACLARACIONES DEL AUTOR

En la elección de las variantes pronominales para formar el tratamiento entre los personajes (tú, vos, vuesa, os, le, te, etc.), intervienen factores esenciales como su relación personal y su grado de formalidad, además de otros extrínsecos como la concepción situacional de lugar y tiempo y la realidad que ocupan en el sustrato del tejido social de las escenas en las que participan.

El autor invita al lector a complementar la presente lectura con la adquisición de la segunda obra de la misma familia (TORDA - EL ENSAYO), un amplio trabajo histórico-literario del Siglo de Oro Español que guarda una relación bilateral de reciprocidad y de temporalidad con la presente.

ÍNDICE